KB268576

매일의 취향

매일의 취향

일상 속 두근거림을 되찾다

초 판 1쇄 2026년 02월 13일

지은이 김미연, 김은주, 김재원, 박나영, 박서연, 신유진, 신은정, 한승희, 허미나
기획자 정가주
펴낸이 류종렬

펴낸곳 미다스북스
본부장 임종익
편집장 이다경, 김가영
디자인 임인영, 윤가희, 윤영빈
책임진행 이예나, 안채원, 김은진, 국소리, 송가희, 이지영

등록 2001년 3월 21일 제2001-000040호
주소 서울시 마포구 양화로 133 서교타워 711호, 808호
전화 02) 322-7802~3
팩스 02) 6007-1845
블로그 http://blog.naver.com/midasbooks
전자주소 midasbooks@hanmail.net
페이스북 https://www.facebook.com/midasbooks425
인스타그램 https://www.instagram.com/midasbooks

ISBN 979-11-7355-716-3 03810

값 18,500원

미다스북스는 다음세대에게 필요한 지혜와 교양을 생각합니다.

일상 속 두근거림을 되찾다

매일의 취향

지음

김미연
김은주
김재원
박나영
박서연
신유진
신은정
한승희
허미나

무늬가 없는 것은 아무것도 없음이 아니라,
모든 것을 담아낼 수 있는 여백의 공간이다.

미다색북스

1장
나를 잊고 있던 시간

3장

좋아하는 마음으로 연결된 우리

들어가는 글

김은주

이번엔 어느 절로 떠나 볼까? 템플스테이 홈페이지를 찾는다. '새로운 체험을 할 수 있는 곳이면 좋겠는데.' 이리저리 마우스를 움직이다 싱잉볼 체험을 할 수 있다는 회암사로 향했다. 누구든 머릿속이 복잡하고 가슴이 답답해질 때 달려가는 공간이 있을 것이다. 내겐 사찰(절)이 다락방 같은 쉼터가 된다. 도시와 떨어진 사찰은 현실에서 나를 뚝 떼어 놓는 힘을 가지고 있다. 이번엔 휴식뿐 아니라 아이디어를 얻을 요량으로 떠났다.

좁은 산길을 거슬러 올라가니 오르막길처럼 되어 있는 회암사가 한눈에 들어온다. 절을 둘러보고 차라도 마실까 싶어서 일찍 도착했다. 대웅전부터 범종루, 무학대사비까지 한 바퀴 돌았다. 절 규모가 크지 않아 한 시간이 채 걸리지 않았다. 차 안으로 돌아와 좌석을 뒤로 젖히고 하늘을 올려다봤다. 구름이 물결처럼 흐르고 있었다. 선명하게 보고 싶어 자동차 앞 유리까지 걸레로 박박 닦았다. 하늘을 보려고 이렇게까지 공을 들인 적은 처음이었다. 날씨가 흐려서 해님이 살짝 나오다가 구름이 보이다가 먹구름이 몰려오기도 하고. 시시각각 변하는 구름을 보며 멍하니 누워 있는 시간이 좋았다.

"구름 속도가 엄청 느려. 흘러가는 거 보고 있으니까 좋다. 뭉게뭉게 하얀 솜 같지 않아?"

"난 저 먹구름이 마음에 드는데."

"먹구름은 비를 내릴 것 같아서 난 싫은데."

"먹구름이 나쁜 거야? 비가 내리년 땅을 적시고 목마른 동식물에게 도움이 되는데?"

"그렇네. 예쁜 흰 구름만 좋은 건 아닌데. 난 왜 그 생각을 못 했지?"

이렇게 하늘을 보고 대화를 하며 깨닫는다. 겉으로 보이는 모습만으로 판단하면 안 되는데. 구름도 희고 깨끗한 게 좋다고 생각했다. 먹구름을 좋게 볼 수 있는 시선도 있구나. 다르다는 건 틀린 게 아니다. 시선을 살짝 다르게 바라보면 다양한 모습으로 해석할 수 있었다. 취향이라는 주제로 글을 쓰면서 생각을 많이 했다고 자부했는데 그게 아니었다. 생각하는 일에는 끝이 없고 언제든 생각이 바뀔 가능성이 높다. 고정관념을 가지면 안 된다는 생각을 하늘과 구름을 보며 알게 되는 게 재미난다.

오후 4시 템플스테이 참여자들이 종무소 앞으로 모였다. 비구니이신 의천 스님은 유쾌하게 대화를 이끌어 주는 힘을 갖고 계셨다. 회암사 곳곳을 누비며 사찰과 전각들을 간단히 설명해 주셨다. 스님은 회암사의 역사부터 본인의 출가 과정, 불교 관련 에피소드까지 이야기보따리를 풀어 주셨다. 유창한 말솜씨뿐만 아니라 자연을 대하는 생각과 태도에 더 반했다. 여러 말씀 중에도 스님은 내가 뭘 좋아하는지를 알아야 한다고 강조하셨다. 자신이 뭘 좋아하는지 모르고 사는 사람이 너무 많다고. 살면서 이게 가장 중요하니까 본인에게 계속 좋아하는 게 뭔지를 물어보며 자기를 돌아봐야 한다는 말이었다. 어떤 음식을 좋아하세요? 라고 물으면 1초도 망설이지 않고 대답하신다고.

"스님은 더덕을 좋아해요. 생으로 먹어도 맛있고 무쳐 먹어도, 구워 먹어도 맛있고. 어떻게 해 먹어도 더덕이 제일 맛있어요.”

내가 좋아하는 음식이 뭔지, 내가 어떤 놀이를 재밌어하는지 알고 있어야 한다. 그것도 모르고 살면서 사는 게 재미없고 따분하다고 말하는 건 안 될 말이다. 내가 좋아하는 걸 알고 실천할 때 비로소 몸이 건강해질 수 있다고 한다. 내가 좋아하면 나의 세포 하나하나 살아나서 몸속에 기운이 도는 거라고.

이어서 가장 기대했던 싱잉볼 체험 시간이었다. 싱잉볼의 크기가 다양했는데 크기에 따라서 소리가 다르고 재질에 따라서도 기운이 다르다고 하셨다. 싱잉볼 연주만으로도 치유 능력이 있다고 하셨는데 처음엔 쉽게 믿기지 않았다. 의자에 앉아 눈을 감으면 다른 사람이 싱잉볼을 들고 머리부터 배꼽 아래까지 싱잉볼을 두드려 울림을 느끼게 한다. 싱잉볼의 울림과 소리가 가까워지고 멀어지며 세포까지 자극되는 게 느껴지니 신기하다. 하이라이트는 싱잉볼을 모자처럼 뒤집어 머리에 씌운 후 직접 싱잉볼을 울려 울림을 주시는 시간이었다. 갑자기 정수리에서부터 소리가 타고 내려오면서 눈 밑까지 뜨거운 기운이 내려오는 게 느껴진다. 순간 울컥하는 감정이 올라왔다. 당황스러운 마음을 추스를 새도 없이 스님은 그게 우주의 기운이라고 표현하셨다. 싱잉볼 하나로 우주의 기운까지 느끼다니, 싱잉볼을 배우고 싶다는 욕심이 생겼다.

취향의 사전적 의미는 '하고 싶은 마음이 생기는 방향'이다.

나에게 집중하기보다 사회적 역할에 충실했던 아홉 명의 작가는 글을 쓰며 스스로에게 물었다. 내 마음이 어디로 향하고 있는가를. 엄마, 아내, 딸이 아닌 인간 OOO로 존재하며 나를 살폈다.

'아, 내가 이걸 좋아했었지. 나 무채색이 아니네.'

아이처럼 순간순간 느껴지는 감정에 충실했다. 나를 잃어버린 게 아니라 사랑하는 사람들을 배려하기 위해 뒤로 미뤄 뒀음을 깨달았다. 취향을 찾는 이야기는 결국 나를 찾는 길이었다.

1장 '나를 잊고 있던 시간'에서는 가족과 사회의 구성원으로 살며 잊고 있었던 나를 기억해 내는 시간의 이야기를

2장 '일상의 작은 취향 찾기'에서는 지금 이 순간, 나를 특

별하게 만드는 일상 속 기쁨을 주는 이야기를

3장 '좋아하는 마음으로 연결된 우리'에서는 비슷한 취향으로 만난 소중한 인연에 대한 이야기를

4장 '오늘도, 취향대로'에서는 앞으로 내가 살고 싶은 마음의 방향에 대해 담아 보려 했다.

머리를 비우고 싶어 떠나온 길이었지만, 오히려 가슴을 가득 채우고 돌아왔다. 하늘을 올려다볼 여유가 있었고, 명상과 싱잉볼을 통해 몸을 치유하는 시간을 품었다. 맑은 공기와 소나무의 기운들에 차가워진 뺨만큼 머릿속도 차가워졌다. 이번 포행(사찰 주변을 걸으며 수행하는 방법)을 통해 좋아하는 것에 대한 물음을 끝없이 던져야겠다고 결심했다. 좋아하는 것이 모여 '나'라는 사람을 만들어 가므로.

이 책을 읽으며 당신도 스스로에게 묻게 되기를 바란다.
나는 무엇을 좋아하지?

1장

나를
잊고 있던
시간

　이제 더 이상 내 인생의 주인공은 내가 아니었다. 그저 엄마라는 존재로 살아가는 평범한 사람이 되어 있었다. 반쯤 투명해진 모습으로 나의 취향도, 색깔도 잊어버린 지 오래였다.

　잊고 있던 취향을 되찾으니 내 세상은 점점 넓어지고 새로운 빛깔로 채워지고 있다. 어쩌면 무언가를 좋아한다는 감정은 예상치 못한 어딘가로 나를 데려다주는 티켓 같은 것일지도 모른다.

01

감정을 건드리는 음식

김미연

"도착하면 뭐 먹을 거야? 난 짜장면 너는?"

가족 네 명이 한국 가는 비행기표를 예약해 놓고, 출발 일이 다가오면 어김없이 하는 대화이다. 우리 집은 짬뽕과 짜장면이 2대 2로 갈린다. 인천 공항에 도착하면 중국집으로 올라가 짜장면 한 그릇을 비운 후 한국 일정을 시작한다. 나는 변함없는 짜장 파다. 그걸 아는 친한 친구는 '한국에 잘 도착했어?'라는 문자 메시지 대신 '짜장면 한 그릇 맛있게 비웠어?'라는 메시지를 보내기도 한다.

처음 독일에 왔을 때 일로 만나 이제는 가족처럼 지내는 형님 내외가 있다. 독일에서 거주하는 많은 한인 1세대가 그렇듯 파독 간호사로 와 50년 넘게 독일에서 살고 있다. 우리가 정착하면서부터 많은 도움을 받았다.

아침은 독일식으로 빵을 먹지만 두 끼는 한식을 먹는다. 독일에서 살아남기 20년 차. 웬만한 음식은 대충 흉내라도 내는데 이상하게 짜장은 내가 원하는 맛이 나오지 않는다. 그 어려운 짜장을 형님이 잘 만든다.

"형님, 저 짜장면 먹고 싶어요. 짜장 좀 해 주세요."

김치는 매번 담아 주고, 특별한 음식을 하면 아낌없이 나눠 주지만 내가 뭘 해 달라고 한 적은 아마도 처음이지 싶다. 전화를 끊고 한두 시간여 만에 문자가 왔다. '짜장 다 됐다. 와서 가져가라.' 집에서 차로 10분 거리. 한걸음에 달려갔다. 부엌에는 장 봐온 물건들이 바닥에 흩어져 있었다. 평소와는 다른 집안 풍경이었다. 왔냐고 말은 하면서 손은 아직 끝내지 못한 짜장을 젓고 있었다. 알고 지낸 지 20여 년. 처음으로 뭐가 먹고 싶다고 해 달라는 말을 듣고, 바로 장을 봐서 정신없이 해낸 흔적이었다. 부엌에 들어갔는데 형님 얼굴을 바로 볼 수가 없었다. 갑자기 쏟아져 나오는 눈물 때문에. 거실에서 한참을 나오지 못하고 있으니, 형님이 들어왔다.

"뭔 일 있어?"

어느 부분이 감정을 자극했는지 알 수 없다. 외국에서 삶이 고단하다고 느껴질 때, 뭔가 사소한 감정으로 의기소침해질 때, 가끔은 치밀어 오를 때가 있다. '그 흔한 짜장면도 먹고 싶을 때 못 먹는 신세라니.' 이런 생각이 들 때면 서러움이 밀려든다. 짜장을 부탁까지 해서 먹고 싶다는 생각이 들었다면, 그 고단한 마음이 이미 자리 잡고 있었을 터였다. 나에게 짜장면은 그냥 음식이 아니다. 어딘가 영혼의 삐걱거림이 느껴질 때 윤활유 역할을 해 주는 소울 푸드로 작동한다. 형님은 네 식구가 먹고도 남을 만큼 짜장을 듬뿍 담아 주었다. 고맙다는 말만 겨우 하고 유리그릇에 담긴 뜨거운 짜장을, 아니 사랑을 담뿍 담아 도망치듯 집으로 왔다.

짜장면에 이은 두 번째 소울 푸드는 순댓국이다. 둘째를 독일에서 임신하고 어찌나 먹고 싶은 음식이 많던지. 신사동 아귀찜 골목에서 먹었던 그 아귀찜과 유정낙지의 매콤한 맛이 나를 괴롭혔다. 특히 순댓국이 먹고 싶었다. 한국에서 다니던 회사 근처에 맛있는 순댓국집이 있어 자주 가기는 했지만 내가 순댓국을 좋아하는지는 몰랐다. 언제든 생각나면 먹을 수 있으니 아쉬울 일이 없었다. 임신한 아내가 먹고 싶다고 하니 남편은 한인 신문을 종류별로 다 구해와 전화를 걸었다. 쾰른, 뒤셀도르프, 프랑크푸르트. 지역은 집에서 점점

멀어져 가고 독일에서 순댓국은 안 되나보다 포기할 즈음,
한 시간 전에만 연락하면 해 줄 수 있다는 프랑크푸르트 인
근에 있는 식당을 겨우 찾았다. 한 시간 전에 연락하는 것은
문제없다. 가는 데만 두 시간이 걸리는 곳이다. 출발 전 미리
전화하고 프랑크푸르트로 향했다. 그때의 설렘이라니. 남편
은 순댓국을 태어나서 처음 먹어 봤다고 했다. 집으로 돌아
오는 동안 다 소화되었고, 그날 이후 나는 순댓국을 정말 좋
아하는 사람이 되었다. 독일에서는 순댓국을 찾아 왕복 4시
간 길을 갔지만, 한국에 가면 맛있는 곳을 일부러 찾아간다.
병천에 있는 유명한 순대 거리로 브런치를 하러 가기도 한
다. 비행기 타고 12시간을 왔는데 병천까지 못 가겠는가. 순
댓국은 한국에 가면 절대 빼먹지 않고 먹는 음식 리스트 상
위권에 당당히 한 자리를 차지한다.

　한국에 살고 있었다면, 언제든 원하는 음식을 먹을 수 있
는 환경이었다면, 내가 이렇게까지 음식에 진심이었을까?
　평소에 쉽게 접할 수 있는 것들은 얼마나 소중한지 모르고
산다. 있던 것이 없어 봐야 알게 된다. 외국에 사는 덕분에
좋아하는 음식을 정확히 알게 되었다. 한국에 갈 때마다 잊

지 않고 먹는 음식들. 배불러도 나중에 독일 가서 생각날까 봐 굳이 바닥을 보고야 말았던 많은 음식들. 채 몇 주도 되지 않아 몸무게를 사정없이 늘려 갔지만 개의치 않는다. 결핍이 소망을 더욱 뜨겁게 한다.

세월이 흐르며 내가 좋아하는 음식에도 조금씩 변화가 생긴다. 뜨끈한 국물에 들깻가루 듬뿍 넣은 순댓국을 여전히 좋아하지만, 예전에는 쳐다보지도 않았던 슴슴한 맛의 나물들이 좋아진다. 독일에서 구하기엔 쉽지 않은 재료들. 손이 많이 가서 직접 하기 망설여지는 음식들. 새로 짠 들기름으로 무친, 나물 가득한 정갈한 한 상을 받으면 세상을 얻은 듯 기쁘다.

독일에 오래 살다 보니 이곳을 떠난다면 이 음식이 그리워지겠다고 생각할 때가 있다. 그건 다름 아닌 빵이다. 한국을 떠나올 때 남편에게 말했다. "난 세 끼 다 밥을 먹어야 해." 그랬던 내가 독일 빵을 이렇게 좋아하게 될 줄 몰랐다. 사람 마음이 이렇듯 한 치 앞을 보기가 어렵다. 프랑스에 바게트가 있다면 독일에는 브뢰첸이 있다. 아침에 빵집에 가면 주먹만 한 빵들이 오븐에서 우르르 쏟아져 나온다. 반을 가르면 김이 모락모락 올라오는, 겉은 바삭하고 속은 촉촉한, 그 냥 먹어도 고소함이 그대로 느껴지는 빵들. 빵이 아무리 맛 있다 해도 그냥 먹지는 않는다. 버터를 바르고 부드러운 치즈를 얹는다. 오이나 토마토 또는 상추를 끼워 넣으면 어떤 음식도 부럽지 않다. 아침 식사로는 최고다. 하얀 브뢰첸은 기본 빵으로 흰쌀밥에 해당한다. 귀리, 호밀, 해바라기씨, 호박씨 등 각종 통곡물을 이용한 빵과 양파나 감자가 들어가는 빵까지. 종류는 이루 말할 수 없이 다양하다.

몇 년 전, 미국에 사는 남편 사촌 동생이 독일로 출장 왔다가 우리 집에 들렀다. Schwarzbrot(검은빵) 을 맛보라고 줬더니,

"형수요, 이 빵 쉬었네."

발효된 빵을 맛보더니 한 입 먹고는 못 먹는다. 청국장이나 홍어삼합을 외국인이 먹으면 이런 반응이 나오지 않을까. 처음에는 나도 먹지 못했지만, 이제는 맛있다.

독일을 떠나게 된다면 벌써 생각날 것 같은 다양한 빵과 독일에 있으면 생각나는 수많은 한국 음식. 아는 맛이 무섭다더니. 독일에 처음 왔을 때는 맛있게 먹었던 한국 음식이

가장 그리웠다. 그 당시에 비하면 다양한 한국 음식을 독일에서 먹을 수 있고, 식재료도 구할 수 있는 게 많아졌음에도 불구하고 항상 결핍을 느낀다. 어쩌면 취할 수 없는 상황이 음식 취향을 더욱 견고히 만들어 가고 있는 듯하다. 할 수 없는 일에 집중하기보다는 할 수 있는 일에 최선을 다하는 게 삶을 현명하게 살아가는 방법이다.

다음 달 출발하는 한국행 비행기표를 예약했다. 둘째를 임신했을 때처럼 한국에서 먹어야 할 음식들을 핸드폰에 가득 적어 놓지는 않았다. 당연하다는 듯 첫 끼는 짜장면을 먹을 테고, 맛있는 순댓국을 찾아가 먹겠지. 아직 그때까지는 여기서 먹을 수 있는 다양한 독일 빵을 즐기기로 한다. 행여 독일을 떠나게 되면 그리워질 그 맛을 감사한 마음으로.

02

읽고 쓰며 찾아낸 나

김은주

얌전하고 눈에 잘 띄지 않는 소녀가 있었다. 학교와 집을 오가며 선생님과 부모님 말씀에 충실했던 소녀. 내성적인 성격에 친구를 사귀는데도 서툴러 혼자인 시간이 많았다. 무언가를 배우고 싶어도 가정 형편이 어려워 참는 법을 먼저 배웠다. 공부에만 집중하며 취미는 꿈도 꿀 수 없던 시기였다. 그렇게 자란 소녀는 어른이 되어도 새로움에 늘 망설였다. 취미를 갖고 싶어도 비용을 생각하면 포기하기 일쑤였다. 어떤 일을 함에 있어서 기준은 '돈'이었다. 가성비를 따지고 가격 비교를 하면서 망설이는 시간이 길었다. 마음의 여유가 없었고 항상 쫓기는 기분이었다. 결국 나는 자발적 집순이가 됐다. 집 밖에 나가면 큰일이라도 나는 사람처럼 집안에 나 자신을 숨겼다. '온실에 숨은 화초' 그게 인간 김은주였다. 결혼 생활 내내 사람들과의 관계를 피했다. 혼자 있는 시공간을 좋아한다고 착각했다. 스스로 만든 감옥인지도 모른 채.

2023년 가을 나는 변곡점을 마주했다. 홀로서기를 시작한 이후 많은 것들이 바뀌었다. 노자는 '바람직한 일'보다는 '바라는 일'을 해야 하고, '해야 하는 일'보다는 '하고 싶은 일'을 하며, '좋은 일'보다는 '좋아하는 일'을 해야 한다고 말했다. 바라는 일, 하고 싶은 일, 좋아하는 일을 하라는 말이 눈에 들어왔다. 그 글을 본 후 끊임없이 나에게 물었다. '은주야 무엇을 하면 행복할까? 하고 싶은 게 뭐야? 돈 생각하지 말고, 일단 저질러 보자.' 취미, 취향, 욕구는 사치가 아니었다. 마음을 먹고 알아보니 손만 뻗으면 닿는 기회들이 많음에 놀랐다. 주민센터의 수업을 듣고 운동을 하면서 사람들과의 관계도 이어졌다. 적극성을 가지게 되었고 내가 무엇을 좋아하는지 시도하고 찾아내는 일을 두려워하지 않게 되었다. 많은 취미도, 모임도, 글쓰기도 그렇게 시작했다. 주변 사람들이 "은주 씨, 뭔가 많이 달라졌네?"라고 물을 만큼, 나는 들판에 핀 야생화처럼 강해졌다.

처음 소유욕을 채운 건 노트북이었다. 항상 갖고 싶었지만 돈 때문에 망설였다. 카페에서 사람들이 노트북을 켠 후 들려오는 타닥타닥 소리에 마음이 뛰었다. 왠지 부러운 마음이 들었다고나 할까? 유치하지만 나도 그 대열에 끼고 싶었다. 그러면 나도 멋있는 사람으로 보일까 싶어서. 전자기기를 잘 아는 제부에게 부탁했다. "노트북이랑 패드를 사고 싶은데 300만 원 안에서 알아봐 줘." 그렇게 품에 안은 갤럭시북! 노트북을 접으면 패드처럼 사용할 수 있고, 화면 터치도 되는 고급 사양이다. 지금 내게 보물 1호는 노트북이다. 언제 어디서든 노트북을 펼치면 내 꿈도 함께 펼쳐진다. 두 권의 공저를 내면서도 함께 했고, 나의 모든 기록을 담아내 준 고마운 녀석이다. 물건에 애정을 들인 건 처음이다. 혼잣말로 노트북과 대화하는 모습에 입꼬리가 씰룩거린다. 무생물, 생물과의 대화는 사람과의 소통과 또 다른 맛을 느끼게 한다. 대답은 없지만 내 말에 귀 기울이는 다정함이 있다. 스타벅스 구석진 곳 편안한 소파에 노트북을 세팅한다. 좋아하는 돌체라떼를 시켜 놓고 앉아 노트북을 두드리면 가슴이 쿵쾅쿵쾅 마구 요동친다. 촌스럽지만 나도 모르게 어깨가 펴지고 손가락이 피아노 건반 치듯 자판을 두드린다.

고명환 작가의 책 『고전이 답했다 마땅히 살아야 할 삶에 대하여』 에는 이런 문장이 나온다. "읽기-걷기-생각하기-쓰기. 인간은 네 가지로 완성된다. 사람들 사이에 격차가 생기는 지점은 바로 '쓰기'다. 네 가지 중 가장 강력한 힘을 가진 것이 '쓰기'다. '생각하기'는 결국 '쓰기'로 완성되기 때문이다." 글을 쓰면서 많은 사람과 소통할 수 있었다. 내 아픈 상처를 스스럼없이 드러내며 에세이 책 출간도 했다. 이 과정들 속에서 쓰기가 얼마나 강력한 힘을 가졌는지 깨달았다. 블로그를 처음 시작한 계기는 기록하기 위해서였다. 돌아서면 잊어버리는 삶 속에서 내가 경험한 모든 것들을 기록하고 언제든 꺼내 볼 수 있도록 하고 싶었다. 지금도 노트북 주위에 메모지가 가득하다. 이면지에도 그때그때 쓴다. 별거 아닌 것도 쓰고 별거도 쓴다. 블로그, 인스타에 내 글을 올리지 않았으면 어떻게 됐을까? 예전엔 댓글 하나, 공감하나 남기는 행동들도 망설였다. 누군가에게 내 말이 상처가 될까 봐. 내가 가진 의견을 드러내는 게 싫어서. 내 글에 달리는 댓글에도 겁이 났다. '악플이 달리면 어떡하지? 이상한 사람이 댓글을 남길 수도 있잖아.' 쓸데없는 걱정들이 글 발행 버튼을 누르지 못하게 손가락을 붙들었다. 용기 내 글을 발행하고 반응을 보면서 마음이 안정됐다. 내 글에 공감해 주고 다정한 댓글을 써 준 사람들 덕분이다. 관계에 대한 두려움도 떨쳐내고 대화하는 재미에 푹 빠졌다. 온라인 세상에서 배운 소통하는 방법 덕분에 오프라인 삶 속에서도 관계를 맺을 수 있게 됐다. 글을 쓰면서 적극적이고 외향적인 성격으로 점점 바뀌어 갔다. 내가 보고 들은 것에 대한 감상을 솔직하게 써 내려간다. 나뿐 아니라 다른 사람들에게도 도움이 되었으면 하는 마음을 가득 담아서. 글쓰기는 많은 생각을 거치며 나오기에 고통스러울 때도 많다. 하지만 스스로에게 던지는 질문들로 인해 나에 대해 알아 가는 기쁨이 훨씬 크다. 글을 한 번도 안 쓴 사람은 있겠지만 한 번만 쓴 사람은 없을 거다. 글쓰기의 매력은 화수분 같다.

학창 시절 글짓기 대회에서 종종 상을 받아오기도 했다. 그땐 선생님이 쓰라니까 썼을 뿐이었다. 주로 문학책을 읽고 독후감을 쓰는 글짓기 대회였다. 책 읽고 내용을 요약하고 의견을 곁들이는 독후감은 내겐 기계적인 일이었다. 교과목을 암기하듯 글쓰기도 수학 공식처럼 풀어냈다. 그때의 글쓰기는 영혼이 빠진 느낌이다. 지금은 많은 책을 읽고 그 속에 나온 글들을 소화해 내 방식으로 풀어낸다. 문학책을 좋아했던 소녀가 다양한 책을 접하면서 세상을 보는 눈도 넓어지고 태도도 바뀌었다. 책 속의 저자들은 하나같이 말한다. 새로움에 대한 도전을 두려워하지 말라고. 알고 있음에서 멈추지 말고, 한 발 내디뎌 보라고. 이미 올라탄 수레바퀴에서 내릴 수 있는 사람은 없다. 알고 있지만 외면하고 싶었던 삶의 진리들이 내 머릿속을 가득 채운다. 최진석의 『인간이 그리는 무늬』에 이런 글이 있다.

"명사적으로 세계를 보는 습관을 동사화하는 거지요. 점점 굳어가면서 명사화되어 가는 자신을 율동감이 있는 동사로 되살리는 겁니다! 예술은 명사적으로 굳어진 나를 동사화하노록 자극시켜 수는 힘을 가지고 있습니다." 첫 번째 책도 변화된 내 생각과 태도가 있었기에 세상에 내보일 수 있었다.

2년 전 다시 책을 읽기 시작하면서 내 삶의 방향을 잡을 수 있었다. 책을 보며 새로운 세상에 대한 궁금증이 생겼고 경험해 보는 행동으로 발전했다. 망설이던 마음은 어느새 사라지고 이번엔 무엇을 해 볼까? 라는 호기심으로 머릿속이 가득 찼다. 순간순간 답답한 마음을 삭이거나 쌓아 두다 터트리는 과거는 이제 없다. 하고 싶다는 마음이 들면 바로 실천으로 연결한다. 읽는 삶에서 쓰는 삶으로 확장하면서 세상의 문은 어디든지 있다는 걸 알았다. 읽기에서 그쳤다면 과연 내가 바뀔 수 있었을까? 책에서 얻은 문장들과 끊임없이 이야기 나누며 글로 써내니 그제야 내가 보였다. 내가 무엇을 좋아하고 싫어하는지. 어떤 사람들과 대화했을 때 다시 만나고 싶은 마음이 드는지. 나를 똑바로 보고 사랑하게 되니 타인과의 만남과 소통도 쉬워졌다. 인생길에서 문이 닫혔을 때 나는 닫힌 문 앞에서 울기만 했다. 내 인생은 끝났다고. 더 나아갈 수 없다고. 그런 과정 속 나는 스스로 다른 문을 찾아냈다. 마음의 여유를 갖고 세상을 대할 수 있게 되니 나한테도 주변에도 너그러워졌다. 이분법적 사고가 아니라 "그럴 수 있지. 세상에 일어나지 못할 일은 없어. 그래도 안 하고 후회하느니 하고 후회하는 게 낫지 않겠어?" 하며 용감해진 나 자신을 마주하게 됐다. 나에 관한 공부를 게을리하지 않으면 언제든 넘어져도 일어날 수 있다는 믿음이 생겼다. 이 문을 열면 또 어떤 길로 이어질지 날마다 설렌다.

03

거울 속의 물고기

김재원

죽은 베타를 생각한다.

한껏 늙고 볼품없어진 그 생명체는 '관상어'라는 이름이 무색하게 거무죽죽한 지느러미가 다 녹아 너덜거리고 있었다. 그는 어항 구석 물결 없이 조용한 수면 아래에서 수초 잎사귀에 겨우 기대어 누운 재, 나를 바라보았다. 사료를 주어도 고개를 들지 않고, 나이 든 몸뚱이를 가누는 것마저 힘겨운 듯 가쁜 숨을 몰아쉬기만 했다. 처음 베타를 키우려고 고민했을 때, 언젠가 베타가 죽는다는 것은 알고 있었다. 다만 내가 예상하지 못한 것은 이렇게 늙어 가는 저 모습이었다.

아마도 서너 살 무렵이었을 것이다. 모든 사람이 죽는다는 사실을 알게 된 날이었다. 엄마도 죽는 거냐고, 죽지 말라고,

그렇게 울먹이는 나를 보며 어른들은 그저 웃을 뿐이었다. '사람들은 어떻게 이렇게 무서운 사실을 알고도 아무렇지 않은 척, 살 수 있는 거지?' 어린 나에게 그건 너무 이상한 일이었다.

마당 건너 사랑채에 계시던 아흔 넘은 증조할머니가 나를 어루만지던 손이 기억난다. 바싹 마른 피부 거죽이 덮인 앙상한 손에는 검은 반점과 푸른 핏줄이 어지러이 엉켜 있었다. 나도 언젠가는 그런 모습이 된다는 생각이 들었다. 그때는 그게 무서웠다. 그리고 거기에서 어린 나의 기억은 끝이 난다. 어떻게 내가 그 두려움에서 벗어나게 되었는지 아무리 생각해도 떠오르지 않는다.

"엄마는 나랑 물고기랑 물에 빠지면 누굴 먼저 꺼낼 거야?"

어항 안의 베타를 바라보고 있으면, 옆에서 삐죽거리는 소리가 들린다. 아이는 어느새 내 옆에 다가와 어항을 들여다보고 있었다. 질투 어린 불만이 볼록 솟아오른 아이의 볼은 모공 한 점 없이 매끄럽고, 솜털이 송송 난 피부에서는 우유 냄새가 난다. 아이는 자기가 얼마나 사랑스럽고 예쁜지 모르고 있다. 아이는 대답을 재촉하듯 얼굴을 나에게로 향한다.

"당연히 너를 먼저 구해야지. 물고기를 물에서 꺼내다니."

아이는 듣고 싶은 대답을 들었는지 장난스러운 눈길을 보낸다. 나는 군데군데 생긴 이끼와 녹조를 닦으며 오랜 시간 동안 어항을 청소했다. 그리고 흘린 땀을 씻으러 들어간 욕실에서, 매일 보는 낯선 여자를 만났다. 얼굴 여기저기에 기미가 피고 눈가 주름과 흰머리가 보이는 여자가, 거울 속에서 나를 보고 있다. 나는 그 여자를 애써서 덤덤하게 바라본다. 늙지 못하는 게 마음이라더니 거울 속 모습은 항상 낯설고, 가끔은 서글프다.

나에게도 화장기 없는 얼굴마저 빛나던 때가 있었다. 한창 어렸던 스물세 살, 배낭여행을 하던 시절이었다. 황금빛으로 빛나던 모래와 파란 홍해의 바닷물이 넘실거리던 이집트에서 한 달을 보냈다. 한국에서 온 청춘들과 함께 스쿠버다이빙 자격증을 따는 중이었다. 산소통을 메고 바다로 들어가면, 그곳에는 지상과 다른 세계가 펼쳐져 있었다. 손끝에 느껴지는 묵직한 바닷물, 눈앞에 오색찬란하게 펼쳐지는 산호. 그리고 입에 문 호흡기에서 들리던 내가 살아 있음을 호소하는 숨소리가 아직도 생생하다. 빛결 고운 열대어 무리 한가운데 검게 그을린 피부의 내가 유영하고 있었다. 그 뜨겁던 곳에, 젊음을 당연히 여겼던 내가 있었다.

스쿠버다이빙을 하던 때로부터 십 년이 지난 어느 날이었다. 나는 남편, 아이와 함께 동남아의 어느 플리마켓에 있었다. 시간이 흐르는 동안 많은 것들이 변했다. 이제 더 이상 내 인생의 주인공은 내가 아니었다. 그저 엄마라는 존재로 살아가는 평범한 사람이 되어 있었다. 반쯤 투명해진 모습으로 나의 취향도, 색깔도 잊어버린 지 오래였다. 그 마켓에서도 여느 때처럼 아이가 관심을 보일 만한 것들을 찾았다. 보드라운 손을 꼭 잡은 아이가 이끄는 대로 북적이는 사람들 틈새를 비집고 걷다가, 한 상점 앞에서 무언가를 보고 내 발걸음을 멈췄다. 물이 반 정도 채워진 수십 개의 투명한 플라스틱 컵마다 물고기가 한 마리씩 담겨 있었다. 처음 보는 작고 예쁜 물고기였다. 하얀 도화지에 물감을 흩뿌린 듯 화려하고 신비한 모습에 시선을 빼앗긴 나는, 남편과 아이의 재촉에도 자리를 떠나지 못하고 한참을 서성거렸다. 느리게 너울거리는 물고기를 멍하니 바라보면서, 온전히 자유로웠던 시절이 떠올랐다. 그토록 뜨겁던 이집트 홍해의 바닷속에서 하염없이 반짝거리던 열대어가 눈앞에 어른거렸다. 그 순간 문득 깨달았다.

저 컵 속에 갇힌 베타는 바로, 지금의 나였다.

처음 우리 집에 왔던 베타는 하얗고 뽀얀 얼굴이었다. 아이의 엄지손가락만 한 작은 몸에 넓게 펼쳐진 지느러미가, 마치 여러 겹의 주름으로 장식한 웨딩드레스를 입은 듯했다. 밝은 어항 조명이 비친 비늘은 보랏빛과 하늘색 무늬로 반짝였다. 내가 다가가면 수초들 사이에서 빼꼼 얼굴을 내밀고, 바람에 나부끼는 깃발처럼 그 넓은 지느러미를 휘날리며 유리로 다가왔다. 사료를 집어서 어항 위에 가만히 들고 있으면 재촉이라도 하듯 몸을 튕겨 수면 위로 뛰어올라 손끝에 살짝 물을 묻혀 놓고는 다시 물속으로 들어갔다. 아이가 내 볼에 뽀뽀했을 때처럼, 베타의 입이 닿았던 손가락 끝이 간질거렸다.

그런 시간들이 작은 생명체의 수명만큼 흘렀다. 그리고 어느 날부터인가 조그마한 몸에 보기 흉한 종양이 하나둘씩 자리 잡기 시작했다. 다 늙은 강아지의 털 빠진 피부에 자리한 돌기처럼, 노인의 얼굴에 핀 검버섯처럼, 피할 수 없는 세월이 베타에게도 찾아온 것이다. 어항 위에 설치한 눈부시게 밝은 조명은 베타를 한층 더 초라해 보이게 만들었다. 하지만 조명의 스위치를 꺼 놓을 수는 없었다. 빛이 없다면 어항 안의 수초는 광합성을 하지 않고, 물을 정화시키지 못하기 때문이다. 자신을 초라하게 만드는 존재가 없으면 숨을 쉴 수조차 없다니, 참 슬픈 일이다.

오늘은 오랜만에 근사한 곳에 가는 날이다. 남편은 일 년에 한 번, 내 생일마다 레스토랑을 예약한다. 설레는 마음으로 거울 앞에서 대어 본 원피스는 내 칙칙한 얼굴과는 더 이상 어울리지 않았다. 늙어 가는 얼굴은 도대체 언제 익숙해질 수 있을까. 나는 나만의 눈부신 조명에게 예쁜 옷을 찾아 입혔다. 이런 날을 위해 준비해 놓은 작은 트위드 원피스다. 아이를 앞세워 집을 나서고, 하루 종일 한 걸음 뒤에서 지켜보며 어여쁜 모습을 카메라에 담는다. 초라해 보이는 내 모습은 언제 찍었는지 기억조차 나지 않지만, 지금은 한 장이라도 더 자라나는 아이의 모습을 간직하고 싶다는 생각뿐이다. 아이를 향해 셔터를 누르며, 문득 이 순간 저 아이보다 내가 더 행복해하고 있다는 것을 깨달았다. 아이가 나를 돌아보며 눈이 부실 정도로 환하게 웃는다. 저 아이가 웃을 수 있다면, 나의 색이 바래더라도 괜찮을 것만 같다.

죽음이 무섭다고 울던 어린 나에게, 어른들은 웃으시며 하얀 다이아몬드 박하사탕을 내 입에 넣어 주셨다. 어쩌면 그분들도 지금의 나와 같은 마음이 아니었을까. 나도 남아 있는 내 젊음의 시간들을 조각내어 하나라도 더 아이의 입에 넣어주고 싶다.

내 전부를 주어도 아깝지 않은 사람이 있다. 그 사람을 위해 나를 온전히 비춘다면, 내가 빛을 잃은 후에도 그 순간이 가슴에 남아 오래도록 조용한 빛을 낼 것이다. 내일은 베타가 떠난 어항을 오랜만에 반짝반짝 빛나게 닦아야겠다.

04

마음의 나침반이 향하는 곳으로

박나영

딸아이가 대학에 합격했다. 사춘기가 유난했던 아이라 고등학교만 무사히 마쳐도 감사하겠다 싶었다. 그런데 고3이 되던 해, "대학은 가야겠지?"라는 쿨한 말 한마디로 수험공부를 시작하더니 단번에 입시를 끝냈다. 덕분에 주말도 없이 학교-학원-집을 무한 반복으로 오가던 고3 엄마의 시간도 막을 내렸다. 그토록 기다리던 해방이었지만 그 자유는 생각보다 낯설었다. 정신없는 라이딩 사이에 잠시 숨 돌리던 '틈'이 아니라 완벽한 나만의 시간을 어떻게 채워야 할지 감이 오지 않았다. 마치 러닝머신에서 갑자기 내려선 사람처럼 매일 휘청거렸다. "잉여 인간이 된 거 같아. 아이 스케줄에 맞춰서 하던 일도 그만뒀는데 아이가 대학에 가고 나니 무엇을 해야 할지 모르겠어." 나의 하소연에 예비 고3 엄마인 친구가 '참 배부른 소리 한다'라는 눈빛으로, 현명한 답을 주었다.

"앞으로는 가족들 신경 쓰지 말고 네가 좋아하는 것을 하면 되잖아. 잘 찾아봐."

그 말이 내 마음 어딘가를 톡 건드렸다. 심리학에 따르면 인생의 전환기를 맞았을 때 과거에 즐기던 취미생활을 다시 찾는 경우가 많다고 한다. 일종의 향수 효과가 불안하고 허전한 마음에 안정과 위안을 준다는 것이다. 나도 그중 하나인 건지 '이제 나는 무엇을 하고 싶은가?'라는 질문에 가장 먼저 떠오른 대답은 그림이었다.

어릴 때부터 그림 그리기를 좋아했다. 제법 잘하기도 해서 미대 진학은 자연스러운 수순이었지만, 취업을 고려해 전공을 패션 디자인으로 정한 것이 실수였다. 예쁜 옷을 입는 건 좋아했지만 직접 만드는 일은 도무지 즐겁지 않았다. 결국 4년 내내 후회하며 꾸역꾸역 학교에 다녔다. 졸업 후 대학원에서 제대로 그림을 배우고 싶었지만, 때마침 IMF가 터지면서 선택의 여지 없이 곧장 사회로 뛰어들어야 했다. 운이 좋게 잡지사에 들어갔고 에디터로 십여 년을 보냈다. 잡지에 실을 화려한 비주얼을 기획하고 만드는 작업은 그림을 그리는 일과 조금 닮아 있어서 즐겁게 일할 수 있었다. 예중 예고에서 미술을 전공하는 딸아이를 보며 대리 만족을 하기도 하고, 시간이 날 때마다 미술관을 찾아 아쉬움을 달랬다. 그렇게 세월이 흐르면서 그림 그리는 내 모습은 점점 상상하기 어려워졌다. 아니, 내가 그걸 할 수 있는 사람인지조차 잊고 살았다.

온전한 나만의 시간이 생긴 지금, 마음의 나침반이 가리킨 곳은 그림이었다. 오래전부터 눈여겨보던 보태니컬 아트 수업에 등록했다. 식물을 오랫동안 들여다보며 그리는 일. 섬세한 작업을 요하는 작업이라 온 마음이 잠잠해지는 힐링의 시간이다. 팔레트에 물감을 풀고 서툰 붓질 끝에서 종이에 색이 번져가면 무채색이던 내 마음의 채도가 올라가듯 기분이 좋아진다. 50년을 살아도 예측불허한 날들을 수시로 맞닥트리는 것처럼 같은 색과 기법을 사용해도 결과는 늘 다르다. 빈 종이 위에 한 송이 꽃이 완성되면 마치 내가 꽃을 피워 낸 듯한 뿌듯함에 젖는다. 식물을 오래 바라보면 깨닫게 된다. 꽃이 피고 시들고 열매 맺고 떨어지는 모든 과정이 얼마나 아름다운지를. 그동안 '피어 있음'만을 아름다움의 기준으로 여겨왔는데 화려한 장미도, 작은 들꽃도, 말라 버린 열매 하나에도 생명이 있고 섬세한 형체가 있다는 것을 알게 되었다. 덕분에 거울 속의 나를 바라보는 방식도 조금은 달라졌다. 점점 칙칙해지는 피부와 늘어 가는 주름을 보며 우울해하기보다는 시간이 남긴 자연스러운 결을 인정할 용기가 생겼다고 할까? 세월의 흔적도 아름다울 수 있다는 것을 식물이 다정하게 알려 주었다.

슈퍼맨은 출동할 때 안경을 벗고 쫄쫄이 팬티를 입지만, 나는 그림 그리기 전 돋보기를 쓰고 앞치마를 두른다. 한동안 노안이 왔음을 인정하기 싫어서 돋보기를 맞추지 않았지만 정작 쓰고 보니 시야가 선명해지는 것만으로 자신감이 생긴다. 내 마음대로 되지 않는 날에는 잠시 붓을 놓고 창밖을 바라보며 커피 한 잔을 마신다. 20대였다면 잘하고 싶다는 욕심에 나를 몰아붙였겠지만, 지금은 다르다. 좋아서 하는 일이니, 조급할 일도, 서둘 이유도 없다. 과정이 즐거우면 그걸로 족하다. 늘 비어 있던 서재가 어느새 물감 냄새가 은은히 스며든 작은 작업실이 되었다. 소중한 추억들을 소환해 주는 김현철, 김동률, 윤상의 노래가 흐르는 가운데 종이에 스치는 붓끝의 소리가 잔잔하게 얹힌다. 작업실에서 그림 그리는 나, 한때 진심으로 바라 마지않던, 하지만 잊고 살았던 풍경이 어느 순간 현실이 되어 있다. 그 사실만으로 충분하지 않은가.

그림을 다시 시작하고 나니 단조롭던 일상에도 변화가 생겼다. 마치 목걸이에 색색의 예쁜 구슬을 한 알 한 알 꿰어가듯 하루하루가 다채롭고 풍성해지는 느낌이다. 재료 사러 화방을 자주 드나들다 보니 그림 도구를 구경하는 재미를 알게 되었다. 다양한 색깔과 신기한 재료들을 보다 보면 한두 시간은 우습게 지나간다. 하나하나 다 사용해 보고 싶고, 언젠가는 유화나 민화 등 다른 분야도 도전해 보고 싶다는 마음이 퐁퐁 샘솟는다. 인스타그램에서 각국의 보태니컬 아티스트들을 팔로우하며 그들의 작품을 감상하는 것도 즐겁다. 어찌나 대단하고 아름다운 그림들인지, 게다가 나처럼 보태니컬 아트를 사랑하는 이들이 세계 곳곳에 많다는 것도 괜히 내 편이 많아진 것처럼 든든하고 기쁘다. 수업을 들으면서 평소라면 무심히 지나쳤을 나뭇잎 하나, 들꽃 한 송이에도 시선이 머물고, 이름과 꽃말도 찾아보게 된다. 반복되는 목 디스크가 작업을 방해하지 않도록 필라테스도 다시 시작했다. 수업에서 처음 만난 이들과 나누는, 낯설고 흥미로운 대화도 일상에 새로운 자극이 된다. 언젠가 작은 전시회도 열 수 있지 않을까 조심스럽게 꿈도 꾸어 본다. 잊고 있던 취향을 되찾으니 내 세상은 점점 넓어지고 새로운 빛깔로 채워지고 있다. 어쩌면 무언가를 좋아한다는 감정은 예상치 못한 어딘가로 나를 데려다주는 티켓 같은 것일지도 모른다. 앞으로 어떤 풍경을 만날지 알 수 없지만, 한 가지는 분명하다. 마음이 이끄는 곳을 향해 망설이지 말고, 천천히 걸어가다 보면 남은 삶은 아름답고 활기찬 장면들로 차곡차곡 채워지리라는 것.

05

보리차를 끓이는 마음

박서연

"정수기 물 마시면 되지 왜 물을 끓여?" 어쩌다 한 번 설거지하는 남편이 커다란 냄비를 닦으며 한 소리한다. 버튼만 누르면 되는 정수기를 두고 덥다고 하며 물을 팔팔 끓이고 있으니 그럴 만도 하다. "우리 딸이 보리차 마실 때가 행복하대. 쉽게 줄 수 있는 거니까 지켜 줘야지."

얼마 전까지는 안전하다는 티백으로 간편하게 만들었다. 하지만 몇백억 개의 미세플라스틱이 검출된다는 뉴스를 듣고는 곧바로 통알곡으로 바꿨다. 아이가 컸어도 좋은 것만 주고 싶은 마음에 덥고 번거로워도 이틀에 한 번 보리차를 끓인다. 보글보글 소리와 함께 구수한 향이 퍼졌다. 빨래를 개다 말고 불을 살피러 주방에 갔다. 알곡들이 이리저리 구르는 모습이 자유로워 보이기도 하고 춤을 추는 것 같기도

했다. '이렇게 위로 아래로 흔들리고 터져야 제대로 우러나는
구나.' 한참을 바라보다 혼잣말이 나왔다. 마침 아이가 주방
으로 왔다.

"우리 딸한테 작은 행복 주려고 끓이고 있지!"

"엄마, 작은 행복 아니고 큰 행복인데. 요즘 보리차 마실
때가 가장 행복한 순간이야."

"고작 보리차 마시는 게?"

"응, 진짠데."

장난이라고 생각했는데 아이의 얼굴을 본 순간 울컥했다.
표정에서 진심이 느껴졌다. 이토록 소소한 것에서 행복을 발
견할 수 있다면, 힘든 일이 닥쳐도 스스로 어루만질 수 있겠
다 싶은 안도였다.

딸을 '꽃송이'라고 불렀다. 겁도 많고 걱정도 많아서 꽃잎
이 떨어지고 상처 날까 조심스러웠다. 네 살, 유치원에 가기
전까지 다른 사람 손에 맡긴 적 없이 한 몸처럼 붙어 지냈다.
동네 엄마들이 일주일 집을 나와도 거뜬하겠다고 놀릴 정도
로 커다란 가방에 아이용품을 가득 채워 다녔다. 언제 어떤
게 필요할지 몰라서였다. 먹는 것, 쓰는 것, 입는 것 모두 내

손을 거쳐야 위생적이고 안전하다고 믿었다. 그게 안심이 되었으니까. 유치원에 보내고부터는 노란 버스가 눈앞에서 사라질 때까지 쫓아가며 손을 흔들었다. 간식 만들고 친구 초대하고 책과 체험, 여행으로 일상을 채웠다. 초등학교에 들어간 뒤엔 아이가 거부하는 3학년 때까지 등하교를 함께 했다. 아파트 정문을 나서서 작은 신호등 하나만 건너면 되는 길이었지만 거실 창 앞에서 까치발을 들고 보이지 않을 때까지 시선을 떼지 못했다. 가족이 내 삶의 전부였고 그들의 웃음 속에서 존재 가치를 확인하며 살았다.

어린 시절, 부모님은 맞벌이로 바쁘셨다. 필요한 것이나 하고 싶은 게 있을 때면 간섭이나 잔소리 없이 원하는 대로 하게 두셨다. 함께하는 시간이 부족했던 것에 대한 부모님의 사랑 방식이었을 것이다. 하지만 그때의 나는 무관심이라 여겼다. 학교 끝나고 돌아왔을 때 반갑게 맞아 주고 간식을 챙겨주고 기분을 살펴 주는 엄마를 바랐고 상상하고는 했다.

함께 숨 쉬고 있는 뱃속의 생명을 느꼈을 때, 내가 바라던 엄마가 되어 주고 싶었다. 관심과 손길이 닿을수록 잘 자랄 거라고 생각했다. 스스로 도전하고 배우도록 지켜봐야 했는데 기다려 주지 못했다. 흠집 없이 가꾸려고만 했다. 아이는 알아서 할 테니 관심을 조금만 거둬달라고 했지만 믿고 지켜보기가 쉽지 않았다. 눈빛과 말투가 달라졌다고 느낄 때마다 공들여 가꾼 꽃밭이 망가질까 안절부절못했다. "위험하다. 안 된다." 서툰 선택 앞에서 "거봐, 엄마 말이 맞지?"라며 실패를 배움으로 존중하지 못했다. 결핍이 과잉이라는 부작용을 낳을 줄 미처 알지 못했다. 어쩌면 아이를 통해 어린 시절의 나를 돌보며 부족함을 대신 채우려 했던 것인지도 모른다. 꽃길만 걷기를 바랐으니까.

집에 돌아와 가방을 멘 채로 "엄마 보고 싶었어. 안아줘." 할 때 내키지 않는 날에는 몸만 내줬다. 그러면 몇 초간 온기를 느끼고 말없이 방으로 들어가고는 했다. 중요한 건 공부가 아니라고 말하면서도 다그쳤다. 좋은 점을 제대로 보려하기보다 부족한 것을 찾아내 채우려고 안간힘을 썼다. 행복에는 하나의 답만 있는 게 아닌데. 각자가 느끼고 바라는 기준이 다른데. 내 아이라는 이유로, 아직 어려서 모른다는 이유로 보편적인 행복의 기준을 따르라며 등을 떠밀었다. 세상에 보편적인 행복이란 게 어디에 있단 말인가. 지나온 시간과 경험이 말해 주었다.

사랑의 본질은 존재를 있는 그대로 바라보고 믿어 주는 마음이라고.

해가 잘 드는 베란다에서 루콜라와 바질을 키웠다. 정성으로 키웠지만 잎은 여리고 성장은 더뎠다. 분명, 햇빛도 물도 충분했는데 무엇이 문제였던 걸까. 원인은 바람이었다. 흔들려야 물이 뿌리에서 잎까지 이동하며 성장하는데 베란다에는 그 힘이 닿지 않기 때문이었다. 혹시 나도 아이에게 불어오는 바람을 막고 있었던 건 아닐까. 그 생각이 들자 가슴이 철렁 내려앉았다.

요즘에는 꽃송이가 아닌 '감자'라고 부른다. 투박한 감자도 꽃을 피우지만 꽃송이를 잘라 내야 알찬 감자가 된다. 꽃이 예쁘다고 마냥 두면 땅속에서 영글지 못해 쓸모가 없어진다. 예쁜 꽃을 포기해야 실한 열매를 맺을 수 있다니. 정신이 번쩍 났다. 보기에만 예쁜 꽃이 아니라 둥글둥글한 감자로 단단히 영글었으면 좋겠다. 이제는 온실을 비울 때다.

아이를 키운다고 여겼지만, 사실은 미성숙한 나를 마주하고 있었다. 바라는 것을 다 해 주는 것이 진정한 사랑이라고 믿었고 해 주는 만큼 좋은 엄마가 되는 줄 알았다. 과도한 보호와 참견을 하며 나를 소모했고 아이 스스로 할 수 있는 경험을 놓쳤다.

보리차를 끓이며 알게 됐다. 아이가 원하는 건 작고 사소한 것에서 사랑받고 있다고 느끼는 온기라는 것을, 거창한 것이 아닌 미소로 건네는 보리차 한 잔이면 충분하다는 걸 말이다.

오늘은 내가 먼저 안아 줘야겠다. 조금 돌아왔지만 '너는 나'를 보내고 '너와 나'로 반갑게 맞이해야겠다. 돌아서서 후회하던 순간, 건네지 못했던 말을 이제 하고 싶다.

"보고 싶었어."

06

나무 한 그루가 보이는 집

신유진

폴딩도어를 활짝 열었다. 통유리창 밑 환기창도 힘껏 밀었다. 나는 이 카페의 주인도 알바생도 아니다. 그저 제일 먼저 2층에 올라온 단골손님일 뿐이다. 아침 10시 햇살에 부유하는 먼지가 보이고 카페 바닥에 얼룩덜룩 창밖의 나뭇잎 그림자가 흔들린다. 키가 큰 가로수는 카페 유리창에 막혀 더 이상 가지를 뻗지 못하고 웅크리고 있다. 바람이 불면 가지들이 유리창을 때리고 나뭇잎이 창에 달라붙곤 한다. 봄, 여름, 가을, 겨울. 나는 이곳에서 계절을 마주한다.

결혼하고 3년이 지났을 무렵 남편과 나는 맞벌이해서 모은 돈으로 집을 사기로 했다. 가진 돈으로 서울은 엄두도 못 내고 경기도 G시에 집을 보러 다녔다. 빠듯한 예산에 맞춰 집을 찾다 보니, 부동산 사장님이 1층 매물을 보여 주셨다. 저층은 살 생각이 없었지만, 수리가 잘 된 집이라기에 구경하러 갔다. 집주인은 중년의 아저씨였다. 기억을 더듬어 보면 지금의 내 나이쯤 되지 않았을까. 집을 휙 둘러보고 나가려는데 집주인은 소파에 앉아서 밖을 한번 보라고 했다. 어른의 말씀이니 앉기는 했지만 빨리 다른 집을 보러 가고 싶었다. 종이컵에 커피믹스를 타서 내어 주시며 집에 대한 설명을 덧붙였다. 나무가 보이고 새소리와 놀이터에서 재잘거리는 아이들 소리도 들린다며 자랑처럼 늘어놓았지만, 나에게는 사지 말아야 할 이유로 들렸다.

"사람은 땅하고 가까이 살아야 건강해."

'무슨 소리야. 값이 저렴한 데는 다 이유가 있는 법이지, 돈에 맞춰서 1층에 사는 걸 건강 때문에 사는 거라고 포장하는 건 아닐까.' 나는 속으로 삐딱하게 생각했다. 결국 대단지 아파트는 사지 못하고 나 홀로 아파트나 다름없는 작은단지의 19층 집을 샀다. 그 뒤에 이사 온, 그러니까 지금 살고 있는 집도 전망 좋은 16층이다. 서울은 아니지만, 서울의 강남과

강북을 잇는 한강 다리가 두 개나 내려다보인다. 다리 위 구
조물은 밤마다 현란한 빛을 수놓고, 강 건너 롯데타워도 매
일 밤 반짝인다. 도시의 밤은 화려하다. 나는 마치 도시의 지
휘자라도 된 듯, 한강 다리를 오가는 차들의 불빛을 보며 성
취감에 젖었다. 탁 트인 전망 앞에서 와인 한잔을 기울이니,
드라마 속 화려한 삶의 주인공이 된 것 같은 기분이 들었다.

"화재 발생. 화재 발생. 지금 즉시 비상계단을 통해 대피하
십시오."

새벽 4시에 화재경보기가 울렸다. 자다 말고 놀라 뭘 챙기
고 나가야 할지 우왕좌왕하다 옆집 문소리가 들려 문을 열었
다. 초등학생 아이들도 계단을 쏜살같이 내려갔다. 핸드폰과
지갑을 챙겨 우리 가족도 계단을 통해 내려갔다. 하지만, 화
재경보기 오작동이었다. 이후로도 시도 때도 없이 경보기가
울렸다. 너무 잦다 보니 이제 무감각해졌다. 경보가 울려도
대피하지 않고 밖을 내다본다. 또 오작동일 거라 짐작하고
대피하지 않았지만, '만약 진짜라면?' 마음은 불안했다. 저층
이라면 쉽게 뛰어 내려갔다가 별일 아니면 집에 들어오면 될
텐데. 땅과 떨어진 만큼 불안의 크기가 커지는 것 같았다. 문

득 낮은 층에서 살고 싶다는 생각이 들었다. 멀리 보이는 풍경에서는 계절의 변화를 느낄 수 없었다. 밤의 모습은 어제와 다름없이 정체되어 있었고, 이제 창밖으로 향하는 시선은 드물어졌다. 도시의 불빛을 보면 예전에 느끼던 성취감보다는, 고립된 섬에 둥둥 떠 있는 공허함이 든다. 얼마 전 노후화된 화재경보기 센서를 교체했다고 한다. 더 이상 경보음이 울리지 않기를.

오늘도 카페 창문에 붙어 책을 읽고 있다. 이 카페에 15년을 드나들며 나무의 매력에 빠져들었다. 저 멀리 홋카이도에 있는 마일드세븐 나무도 담양의 메타세쿼이아 길에 있는 나무도 아닌, 눈높이에서 볼 수 있는 내 앞의 나무를 좋아해 이 카페에 온다. 봄에는 여린 연둣빛으로 설렘을, 여름에는 무성한 잎으로 카페에 시원한 그늘을 선사한다. 가을이면 우수수 떨어지는 낙엽이 삶을 되새기게 하고, 겨울이면 잎에 가려 보지 못했던 몸통의 우뚝함이 드러난다. 나무가 정면으로 보이는 바 테이블에 앉았다. 햇살이 강해도 나무가 그늘을 만들어 주니, 멍하니 앉아 지나가는 사람을 구경하게 된다. 주원이 할아버지가 자전거 타고 지나가셨다. 여전히 건강하심을 눈으로 보았다. 주원이 할머니가 보이지 않자 문득 걱정이 들었다. 매일 같은 시간 강아지랑 산책하러 가시는데 별일 없으시겠지, 바쁜 시간 지나 주원이 엄마에게 안부를 물어야겠다고 생각했다. 책을 보다 다시 고개를 들어 창밖을 보았다. 카페 맞은편 공영주차장에 흰색 승용차가 주차했다. '주차 관리'라고 적힌 형광색 조끼를 입은 할아버지 주차관리원이 그 차로 다가가셨다. 운전자는 차에서 내려 할아버지에게 공손하게 인사했다. 뒤이어 다른 차가 들어오며 신경질적인 경적 소리가 울렸다. 운전자는 창문만 빼꼼히 내린 채 카드를 쑥 내밀었다. 결제가 끝나자마자 그는 할아버지를 위협하듯 거칠게 차를 몰고 빠져나갔다. 카페 창가에 앉아 이웃의 안부를 살피고 사람들의 됨됨이를 관찰하며 세상을 배운다. 큰 소리로 웃으며 지나가는 한 무리의 남학생들이 보였다. 아이들은 저렇게 활기차게 커야지, 흐뭇하게 바라보았다.

첫 집을 살 때 보러 다닌 집주인의 말이 이제야 마음에 와닿는다. 땅과 가깝게 살아야 건강하다는 말이. 볕이 잘 들고 나무가 보이는 집을 갖고 싶다. 지금 내가 앉아 있는 카페처럼 말이다. 강 건너 화려한 불빛 일렁이는 남의 동네 말고 내

집 앞 나무와 이웃을 보며 살고 싶어졌다.

아들은 여전히 높은 곳의 집이 좋다고 말한다. 그렇겠지. 비단 집뿐일까. 젊음은 본래 높은 곳을 바라보고, 닿지 못할 무언가를 갈망하는 법이니까. 나 또한 그랬으니, 아들이 마음껏 높은 세상을 꿈꾸었으면 좋겠다. 하지만 한 가지 잊지 말아 주렴. 인생의 아름다움은 멀리 있는 것보다 창밖의 나무처럼 가까이 있는 것에서 느낄 수 있다는 것을 말이다. 높은 곳에서 먼 곳을 쳐다보느라 늘 거기 있는 당연한 것을 놓치지 말기를 바란다. 언젠가 아들도 내 나이쯤 되면 느끼게 될까. 매일 아침 창문을 열 때마다 반겨 주는 나무 한 그루가, 어떤 화려한 전망보다 더 큰 위안이 된다는 것을. 땅과 가까이 살면서 계절의 변화를 온몸으로 느끼는 것이, 높은 곳에서 저 멀리 남의 동네를 내려다보는 것보다 더 풍요로운 삶일 수도 있다는 것을. 그때쯤이면 아들도 아침마다 이층집 창문을 활짝 열고 바람에 흔들리는 나뭇가지를 바라보며 하루를 시작하고 있지 않을까.

07

반딧불, 가로수길 그리고 자작시

신은정

큰아이 초등학교 2학년 무렵, 이사를 결심했다. 분당에서 아이들을 키우고 싶다는 마음 하나로 남편과 나는 용기를 냈다. 학교가 보이는 환경을 뒤로하고, 차로 등교해야 하는 불편한 곳이었다. 새로운 집, 새로운 학교, 새로운 친구들에 아이들이 잘 적응할지 불안했다. 이 모든 변화는 우리 가족이 함께 넘어야 하는 또 하나의 관문이었다. 아이들의 학교생활에 관심을 두고 싶어 먼저 어머니회 활동에 뛰어들었다. 반 대표와 학년 대표를 거쳐 학교 부회장까지 맡았다. 학부모와 선생님 사이의 중간역할을 하며 사람들과의 관계 속에서도 나 또한 성장했다.

학교는 서현동이었지만 우리가 살던 곳은 율동에 있는 연수원 사택이었다. 경비실을 지나야만 들어갈 수 있는 그곳은 자연을 마음껏 누릴 수 있는 안전한 곳이었다. 차 소리보다 나뭇잎 스치는 소리가 더 익숙했고, 아침이면 새소리를 들으며 눈을 떴다. 작은 숲속 마을 같은 사택에 엄마들과 아이들을 집으로 초대했다. 누군가를 초대하는 일이 쉽지 않았지만, 좋은 추억을 만들어 주고 싶어 그 시간을 즐겼다. 그때를 생각하면 지금도 마음이 따스해진다.

자연환경이 좋은 유치원에 아이들을 보내고 싶어 하던 엄마들 사이에서 선착순인지, 추첨인지 몰라도 경쟁이 치열했다. 우리는 운 좋게도 그 공간을 매일 누릴 수 있었다. 막내딸의 손을 잡고 집으로 돌아오던 여름날, 들판을 뛰어다니며, 나비와 잠자리를 잡느라 정신이 없었다. 바람에 흩날리던 들꽃 향기, 햇살에 반짝이던 풀잎, 웃음소리가 어우러져 세상에 부러울 게 없었다. 어두워진 여름밤이면 반딧불을 잡으러 달려 나가던 아이들의 웃음소리가 지금도 들리는 듯하다.

그때의 추억이 마음에 오래 남아 훗날 뉴질랜드 여행을 갔을 때 반딧불 동굴을 찾아 나섰다. 오클랜드에서 차로 두 시간 이상을 달려 도착한 와이토모 동굴, 동굴 깊은 곳 천장 위로 수천 개의 반딧불이 별처럼 매달려 있었다. 보트를 타고 가야만 만날 수 있는 반딧불은 인공조명으로는 흉내 낼 수 없는 빛이었다. 푸른빛과 초록빛이 어우러져 마치 우주 한가운데 떠 있는 듯했다. 자연의 작품이란 이런 것인가 싶었다. 동굴 속 어두움은 두려움이 아닌 신비로움으로 바꾸어 놓았다. 그 순간 오래전 율동에서의 여름밤이 떠올랐다. 손바닥 위에 살포시 내려앉던 작은 반딧불, 그 조그만 몸을 손으로 조심스레 감싸안아 거실로 데려오던 기억이. 불을 끄니 방 안은 순식간에 깊은 어둠에 잠겼고 그 속에서 반딧불은 하나둘 조용히 빛났다. 숨을 죽인 채 빛을 따라 눈을 반짝였다. 그 눈빛은 반딧불보다도 더 반짝이고 있었다. 잠깐이었지만 마음속에 오래 남은, 마치 마법 같은 순간이었다. 세월이 흐른 뒤 어떤 장면이 더 기억에 남는지를 물었다. 막내딸은 주저없이 말했다.

“에이, 한국에서 본 반딧불이랑 돈 내고 보러 간 반딧불은 아예 느낌이 다르지. 그래도 그때의 일은 나이가 들어도 기억날 것 같아.”

반딧불의 추억뿐만 아니라, 앵두와 살구를 따던 기억, 겨울이면 비료 포대로 썰매를 타던 날들, 집 현관문을 굳이 잠그

지 않아도 마음 놓을 수 있었던 연수원 사택의 정겨움, 모든 순간은 소박했지만, 지금 돌아보면 가장 귀한 시간이었다.

아이 셋을 키운다는 것은 쉽지만은 않았다. 울적한 날, 무작정 차를 몰고 가로수길을 달리곤 했다. 양옆으로 자라난 나무들이 서로의 가지를 내밀어 맞잡아 초록빛 아치를 이루고 있었다. 초록 잎 사이로 스며드는 햇살, 차창으로 스미는 바람을 느끼며 달리던 길, 마치 세상과 잠시 분리된 듯 고요한 안식이 찾아와 내 마음을 달래주었다. 그 길은 나를 회복시키는 길이었다. 집으로 오는 길에 가끔 '고운 님 오시는 길'이라는 전통찻집에 들렀다. 주인의 취향이 고스란히 묻어있는 도자기와 꽃들, 그리고 단팥죽 한 그릇이 마음을 다녹여주었다. 이제는 사라진 공간이지만 여전히 그리운 위로의 자리다.

세월이 흘러 아이들은 어느새 성장했고, 이제 나는 환갑을 맞았다. 이제야 비로소 나를 온전히 바라보는 시간이 찾아왔다. 텔레비전 앞에 앉아 있는 시간보다는, 책 읽고 음악을 듣는 시간이 더 즐겁다. 아침 햇살이 스며드는 조용한 공간에서 음악을 켜고 명상하거나 일기를 쓰며 하루를 시작한다. 날씨가 좋으면 산책을 나서기도 한다. 걷는 동안 마음은 고요해지고, 사색은 자연스레 깊은 감성을 건드린다. 문득 시상이 떠 오르면 시를 쓰기도 한다. 내가 쓴 자작시가 좋다며 곡을 만들어 준 친구가 있다. 그 노래를 가끔 혼자 흥얼거리며 따라 부른다. 최근에는 AI 수업을 하는 후배에게서 SONO라는 앱을 알게 되었다. 이제는 혼자서도 자작시를 음악으로 만들어 보는 즐거움도 누린다. 새로운 것에 도전하며 작은 경험을 쌓아 나간다. 지금 내가 하는 것들이 나를 이루어 갈 테니까.

프랑스 사회학자 부르디외(pierre Bourdieu)는 "사람의 취향은 자란 환경과 경험에서 만들어진다"고 말했다. 소박했지만 소중한 경험이 나를 만들었다. 그런 순간을 오래도록 기억하면서 오늘도 나의 속도로 걸어가려 한다. 붉게 물든 단풍잎, 맑은 가을 하늘, 바람에 흔들리는 갈대에도 마음을 열어 본다. 고요히 쌓여 가는 날들이 모여 나만의 취향이 되고, 나의 이야기가 된다는 걸 알기 때문에.

08

쇼핑, 나를 선택하는 시간

한승희

"작년까지만 해도 잘 맞았는데, 왜 이렇게 안 잠기지?"

거울 앞에서 청바지 단추를 잠그려다 결국 포기했다. 분명 드레스룸에는 옷이 가득한데, 막상 입을 옷은 없다. 작년보다 살이 쪄서 예전에 입던 옷들이 나를 밀어내는 기분이다. 복부와 엉덩이 살 때문에 터질 것 같다.

이번 주는 운동해야겠다고 머릿속으로는 수도 없이 다짐하지만, 늘 바쁘다는 핑계로 도망친다. 오전에도 충분히 운동할 시간이 있지만, 커피를 내리고 책상 앞에 앉았다. 딱히 집중이 되지도 않는데 생각만 많고 움직이지는 않는다. 오전 자유 시간은 금방 끝나고, 낮 1시 출근을 하기 위해 서두른다. 걷는 시간은 고작 10분, 주차장으로 내려가 차를 타면 바로 학원 도착이다. 학원에서 학생들을 가르치면서 커피를 몇 잔씩 마시고 나면 밤엔 잠이 안 온다. 그러면 또 야식으로 배를 채우고. 이런 악순환이 따로 없다. 이렇게 며칠이 지나면 맞는 옷이 별로 없다는 걸 또 실감한다.

살이 쪘으니 입을 옷이 없다. 거울 속 나는 우울하다. 청바지가 허벅지에 걸려 더 이상 올라가지 않는다. 아무거나 걸쳐도 예쁘던 시절이 있었는데, 이제는 복부와 허벅지 살을 걱정하게 된다. 집에만 있을 땐 헐렁한 츄리닝만 입고 있어도 아무도 뭐라 하지 않지만, 새 옷이 필요하다. 온라인 쇼핑몰을 뒤적거리다가 동네 옷 가게에 갔다. '어떤 옷이 들어왔을까?' 새로 걸린 옷들을 바라보며 설레기 시작한다. 날씨가 추워지니 두툼한 스웨터도 사고 싶고, 모직 통바지도 사고 싶다. 사장님이 골라 준 옷을 입고 거울 앞에 선다. 그때의 나는 엄마도 선생님도 아닌 그냥 나다. '그래, 살 좀 찌면 어때? 이 정도면 아직 괜찮은 거 아니야?' 하지만 결국 디자인보다 내 몸에 편안한 옷을 골랐다. 출근해서 입기에도 괜찮아 보이는 검은 정장 바지와 여유 있는 티셔츠로.

초등학교 시절, 노원역 보세 골목을 따라 걷다 보면 사고 싶은 옷들이 보였다. 거울 앞에서는 키가 작아 보일까 봐 까치발을 들고선 이 옷, 저 옷 입어 보았다. 게다가 내가 고른 옷이 예산에 맞으면 그날은 계 탄 날이었다. 20대가 되면서 쇼핑의 장소는 자연스럽게 동대문 시장으로 옮겨갔다. 밀리오레와 두타 앞에서 친구들과 화려한 밤거리를 걸으며 옷을 고르고, 그에 맞는 신발과 액세서리를 샀다. 마지막 코스는 골목 야식집에서 떡볶이, 순대, 오뎅 삼종세트를 먹었다. 따끈한 오뎅 국물을 한입 마시면 하루의 피로가 싹 녹았다. 고등학교 때 다짐했던 '졸업하면 운전면허부터 따야지'라는 약속도 지켜냈다. 20대의 첫 자가용 '클릭' 시동을 걸던 날, 심장은 두근거리고 손끝이 떨렸다. 내 차를 몰고 동대문을 향하는 순간, 어른이 된 것 같았다.

결혼 후, 쇼핑의 중심은 완전히 달라졌다. 이전엔 내 옷이나 가방, 향수가 아닌 아이들 옷과 생활용품이 쇼핑 리스트를 채웠다. '3개월 무이자니까 조금씩 내면 되지.' 게다가 세일 하는 건 꼭 사야 한다는 마음으로 별다른 고민 없이 결제를 눌렀다. 물건을 살 땐 기분이 들떴지만, 막상 지르고 나면 마음이 싸해졌다. 카드값 명세서가 도착하는 날에는 심장이 두근거리기도 했다. '과연 이게 다 필요한 물건일까?' 후회하기도 했다. 그 금액이 한 달 간격으로 세 번 반복될 때마다 나에게 물었다.

'이 소비는 내가 앞으로 삼 개월 동안 책임질 만큼 필요한 걸까?'

정말 필요했던 물건인지, 나에게 의미가 있는 선택이었는지, 그냥 그때의 감정에 휩쓸린 건 아니었는지를 생각했다.

며칠 전에 우연히 들른 매장에서 세일 상품 하나를 발견했다. 이미 계절이 지나간 옷이었지만, 딱 내 스타일이었다. 가격표를 보니 원래 금액의 절반 가까이 내려가 있었다. 옷도 마음에 들었지만, 나에게 필요한 것을 제대로 선택했다는 만족감이 더 컸다. 쇼핑의 진짜 즐거움은 가치 있는 걸 알아보고 올바른 선택을 하는 데 있다는 걸 알게 되었다.

이제는 쇼핑카트를 꽉 채우지 않는다. 대신 마음의 여유로 채운다. 가족들이 모두 밖으로 나가고, 나 혼자 보내는 평일 오전, 커피를 내리고 책 한 권을 펼친다. 단 30분이지만 이 시간이야말로 요즘 내가 가장 소중히 여기는 나만의 쇼핑 시간이다. 어떤 책을 고를까, 어떤 커피를 마실까 선택하는 순간이니까.

그리고 여전히 한 달에 한 번, 내가 좋아하는 옷을 하나씩 고르는 시간을 잊지 않는다. 꼭 비싼 브랜드여야 할 필요는 없다. 매장에서 끌리는 옷을 입어 보는 과정 자체가 즐겁다. 새 옷을 입으면 하루를 조금 특별하게 만드는 '나를 위한 선택'을 한 기분이 든다.

예전의 나는 다른 사람에게 보이기 위해 나를 포장했다. 어떻게 하면 근사하게 보일까. 어떤 가방을 들고 다니면 나를 알아줄까 하는. 나를 위한 쇼핑이라기보다는 다른 사람의 기준에 의해 나를 꾸미는 행위, 그것이 내가 생각하는 쇼핑이었다. 비싸고 남의 눈에 좋아 보이는 물건을 소유하는 기쁨은 일시적이었다. 하지만 나에게 좋은 걸 주고 싶은 마음으로 하는 구매는 돈을 써도 후회가 없었다. 누구에게 보이기 위한 쇼핑이 아니라 나를 만족시키는 구매. 나를 사랑하는 마음으로 오늘도 나는 쇼핑 중이다.

09

한창, 혼자가 좋을 때

허미나

매일 아침, 아이를 학교에 보내고 나면 온전한 내 시간이 시작된다. 창문을 열면 후덥지근한 여름공기가 집 안으로 들어온다. 커피포트에 물을 올리고, 청소기를 돌린다. 먼지는 어디서 이렇게 생기는 건지 미스터리다. 고운 원두를 드리퍼에 넣고 가사 없는 카페 음악을 틀어놓으면 어느새 커피향이 은은하게 번진다. 조용히 앉아 이 시간을 즐긴다. 예전에 나라면 이 고요함을 견디지 못했을 것이다. 무언가로 끊임없이 채우지 않으면 불안했으니까.

영어 강사로 커리어를 쌓으며 바쁜 20대를 보냈다. 어느 날 해가 다 지고 캄캄해져서야 집에 도착했다. 그날따라 밝게 빛나던 노란 초승달이 왠지 쓸쓸해 보였다. 내가 쓸쓸했던 걸까? 터덜터덜 계단을 올라 집에 들어서는데 핸드폰 문자가 왔다. 대학시절 같이 밴드를 하던 친구였다. 기타를 치던 말수 적은 남자애. 같은 밴드에 있었던 언니의 결혼 소식과 함께 안부를 물었다.

"그래, 미나야. 오늘도 수고했다."

멈춰 서서 한참 그 문자만 들여다봤다. 오늘도 수고했다는 말 한마디. 눈물이 핑 돌았다. 누군가 내 수고를 알아준다는 것, 그게 이렇게 그리웠나? 빈 집처럼 마음 한구석이 텅 비어 있는 것 같았다. 내가 없어져도 아무 일도 일어나지 않을 것 같았다. 그래서 더 바쁘게 살았다. 몰아치듯 주중을 보내다 토요일 저녁이 되면 혼자 집에 있었다. 그 때마다 밀려오는 고요함. 그 고요함이 싫었다. 무조건 TV나 컴퓨터를 틀고, 냉장고를 열어 손에 잡히는 건 모두 먹었다. 먹는 동안만큼은 아무 생각이 들지 않았지만, 그뿐이었다. 돌이켜 보니 바쁘게 살았을 뿐, 정작 내가 지금 불안한지, 외로운지조차 알지 못했다. 내면의 소리를 들어 본 적이 없었으니까. 아니 더 정확하게는 듣지 않으려 했다. 나와 마주하는 게 두려워서.

올해 초, 번아웃으로 일을 그만두고 맞이한 첫 생일이었다. 앞으로 무슨 일을 하며 살아야 할지 막막했다. 그만두니 갑자기 시간이 많아졌다. 혼자인 시간도, 아무도 나를 찾지 않는 시간도. 이 시간이 나쁘지만은 않았다. 오늘은 나만을 위한 하루를 보내야지. 오전 내내 가장 좋아하는 영화를 보기로 했다. 〈비포 선라이즈〉, 〈비포 선셋〉, 〈비포 미드나잇〉. 두 사람의 20, 30, 40대를 담은 세 편의 영화를 오랫동안 보고 싶었지만, 시간이 없어서 미뤄 뒀었다. 오늘은 시간 걱정할 필요가 없었다. 커피를 내리고 팝콘 대신 강냉이를 준비했다. 핸드폰도 최대한 멀리 두고 나만의 시간을 시작했다.

영화를 보는 내내 가슴이 먹먹해졌다. 특히 〈비포 선셋〉에서 헤어짐을 앞둔 셀린의 말이 깊이 남았다.

"연인 곁에서 외로움을 느끼느니, 혼자인 것이 나아."

나는 지금껏 외로움을 '해결해야 할 문제'로 봤다. 누군가를 만나거나, 무언가로 채우면 사라질 것이라고 믿었다. 하지만 외로움은 사라지는 게 아니었다. 결국 나와 함께하는 법을 몰랐던 것이다. 세 편을 다 보고 커튼을 열었다. 어느새 오후가 되어 거실로 따뜻한 햇살이 들어왔다. 입가에 웃음이 번졌다. 특별한 일이 없으면 쓸쓸할 거라고 생각했는데, 영화만 보는 생일이 전혀 외롭지 않았다. 오히려 나와 더 가까워진 느낌이었다.

그날 이후 조금씩 달라지려 했다. 쉽지는 않았다. 한 달쯤 지났을까. 평일 오후 2시, 또 냉장고 문을 열고 있었다. 멈춰 서서 나에게 물었다. "지금 뭘 하고 싶어?" 대답은 의외로 간단했다. 밖에 나가고 싶었다. 편한 신발을 신고 밖으로 나갔다. 어느 길로 가도 괜찮았다. 이 시간에 동네 풍경을 본 적이 있었나 싶었다. 무작정 걷다가 초록 잔디밭이 눈에 들어왔다. 벤치에 앉아 숨을 돌리니 늦여름의 공기가 뜨거웠고, 이마에 땀이 송골송골 맺혔다. 아무것도 하지 않아도 괜찮았다. 따가운 햇볕을 피하려고 챙을 눌러 쓴 사람, 허리까지 오는 큰 개에게 끌려가는 사람, 이어폰을 낀 채 빠르게 지나가는 사람. 다양한 사람들이 지나가는 모습 보고 이런 생각이 들었다. '이들도 나처럼 각자의 시간을 살고 있구나.' 홀로 쉬는 사람도, 함께 걷는 사람도 있다. 그건 물 흘러가듯 자연스러운 일이었다. 한참 앉아 있다가 좋아하는 커피를 손에 들고 집으로 돌아갔다. 짧은 시간이었지만 온전히 나를 우선으로 두니 마음이 한결 가벼웠다.

지난 주말, 남편이 저녁 당직이었는데 방학 중인 아이를 함께 데려간다고 했다. 과거의 나였다면 이렇게 주어진 혼자만의 시간을 어떻게 받아들여야 할지 몰랐을 텐데. 빈 집의 공허함을 견디지 못해 과자를 찾거나 자기 전까지 TV를 켜 두었을지도 모른다. 하지만 지금은 이 시간이 선물처럼 느껴 진다. 좋아하는 자스민차를 우려내며 은은한 꽃향기를 맡았 다. 소파에 앉아 천천히 영화를 골랐다. 서두를 필요도 없었 다. 따뜻한 차를 마시며 영화를 보다 보니 어느새 해가 지고 집안이 어두워졌다. 이 고요함이 편안했다. 나는 혼자 있는 게 아니었다. 나와 함께 있었다.

여전히 쓸쓸한 순간은 온다. 며칠 전, 선선한 바람과 구름 한 점 없는 파란 하늘이 예뻐서 누군가와 편하게 얘기하고 싶어졌다. 휴대폰을 들었는데 막상 떠오르는 사람이 없었다. 다시 주머니에 넣었다. 예전이라면 이런 외로움을 피하려 어 떻게든 다른 것으로 채웠을 것이다. 하지만 이번엔 달랐다. 내 감정을 있는 그대로 지켜봐 주었다. 천천히 걸어가는데 예쁜 커피숍이 보였다. 나에게 커피 한잔 선물하고 싶었다. 주문하고 창가 자리에 앉아, 피하지도, 외면하지도 않고 조 용히 내 마음을 바라보았다. '편하게 얘기할 사람 하나 떠오 르지 않으니 조금 쓸쓸한 마음이 들었구나. 그럴 수 있지.' 감 정을 알아차리고 나니 마음이 한결 후련해졌다.

오늘 아침도 커피를 내린다. 창문을 열면 가을 오는 향기가 느껴진다. 고요한 집안에 나 혼자. 이제는 이 고요함이 외롭지 않다. 지금이 한창, 혼자가 좋을 때이다.

2장

일상의
작은
취향 찾기

세상 흔하고 쉬운 것들 속에서 작은 기쁨을 발견할 때 행복은 멀리 있는 것이 아니라 바로 지금, 내 곁에서 반짝이고 있음을 느낀다. 어쩌면 행복은 가장 수집하기 쉬운 것이 아닐까.

오늘이라는 하루에 행복 가득한 이름표를 붙여 준다. 이렇게 멋진 하늘을 볼 수 있는 오늘은 기적과 같은 하루라고. 나는 이미 햇살이 비추는 날씨만으로도 감동할 준비가 되어 있다. 삶을 대하는 태도를 그렇게 정했으니까.

01

햇살이 건네준 행복

김미연

2019년 여름, 꿈에 그리던 크루즈 여행을 계획했다. '이왕 배를 타고 가니 물가가 비싼 곳으로 가야지, 유람선을 타야 하는 관광 코스가 있는 곳이라면 더 좋겠다.' 생각하고 정한 여행지가 노르웨이였다. 독일 날씨가 40도를 웃도는 늦여름 우리는 노르웨이행 배에 올랐다. 테라스가 있는 멋진 방을 예약했다면 더 좋았겠지만, 바다를 볼 수 있는 창이 있는 방으로 예약했다. 피오르를 통과해 다녀야 하는 노르웨이행 배는 지중해를 여행하는 배에 비해 작은 편이라 테라스 방이 비교적 적기도 했다. 매일 밤, 다음날 일정을 알려 주는 소식지가 방으로 도착했다. 일출과 일몰을 보기 위해 도착지 해 뜨고 지는 시간을 매일 확인했고, 시간 맞춰 갑판을 오르내렸다. 여명과 석양은 매일 봐도 새롭다. 자연은 언제나 다른 느낌을 선물해 준다. 구름의 움직임, 햇살의 농도, 노을의 빛깔, 바람의 크기. 거기에 파도의 움직임에 따라 변하는 윤슬까지 하루도 같은 날이 없었다. 배에서 보는 해돋이와 낙조는 색다른 감동을 줬다. 그렇게 매일 갑판을 오가다 옴팡지게 감기에 걸렸다. 노르웨이 날씨를 생각해 겨울 패딩과 모자, 목도리까지 방한복을 준비했지만 40도에서 갑자기 추워지는 날씨였다. 게다가 아침저녁으로 찬바람을 맞으며 해님의 출퇴근길을 빠짐없이 대면했으니 그럴 만했다. 그럼에도 일출과 일몰 맞이는 멈출 수가 없었다. 비 오는 날을 제외하고는 시간에 맞춰 매일 바삐 움직였다.

2018년 여름엔 그리스 크레타섬으로 여행을 떠났다. 여기까지 왔는데 배로 편도 2시간이면 갈 수 있는 산토리니는 가 봐야지. 산토리니 여행 하이라이트는 석양에 물든 하얀 집들이 시시각각 다른 빛으로 변해 가는 모습을 보는 것이다. 당일로 다녀가는 배로는 일몰을 볼 수 없다. 크레타에 예약해 둔 호텔을 뒤로 하고, 하룻밤 산토리니에 머물기로 했다.

산토리니 골목길을 구석구석 걸었고, 암벽에 지어 놓은 카페에서 바다를 보며 차를 마셨다. 해지기 한 시간 전, 잘 알려진 일몰 명소로 가 미리 자리를 잡았다. 이미 사람들로 가득했다. 오가는 배만 보이던 바다에 유람선들이 눈에 띄었다. 가기 전까지만 해도 몰랐는데, 가서 보니 배를 타고 일몰을 구경하는 여행 프로그램이 있었다. '다음에는 바다에서 해가 지는 산토리니를 봐야지.' 여기에 다시 올 이유가 생겼다.

유럽 여름 해는 길고 덥지만, 일몰을 기다리는 사람들 마음은 이미 노을빛으로 가득 찼다. 기다린다고 앉아 있던 뜨거운 돌계단도 마음을 바꿀 수는 없었다. 산토리니에서 본 노을과 하얀 집들을 비춘 석양은 기대했던 만큼 아름다웠다. 그보다 더 큰 감동은 노을에 비친 사람들 모습이었다.

그 옛날 등대 역할을 했었을 곳, 누군가의 침입에 대비해 경계를 늦추지 않았을 성벽 돌담. 그 위에 붉은 노을을 마주하고 사람들이 자유롭게 앉아 있었다. 긴 머리를 바닷바람에 휘날리며 사랑하는 사람과 아랑곳하지 않는 스킨십, 아이들을 동반한 수많은 가족. 그 안에서 자연의 아름다움과 함께 자유를 보았다. 해가 드디어 바다로 모습을 감추었다. 그 순간 성벽에 머물러 있던 사람들뿐만 아니라 골목마다 일몰을 지켜보던 이들의 박수가 일제히 터져 나왔다. 우리 가족도 함께 손뼉을 쳤고, 산토리니는 그 순간 하나가 되었다. 모르는 사람들이 미리 약속이나 한 듯 해가 바다로 쏙 빨려 들어가는 순간 터져 나온 박수 소리에 전율이 느껴졌다. 그 장면은 내 안 어딘가에 깊숙이 보관되어 버튼을 누르면 언제라도 재생되고 있다. 크레타섬 하얀 모래의 깨끗한 바다도 좋았고, 협곡으로 이루어진 아찔한 산의 아름다움도 떠오르지만, 그 여행을 생각하면 산토리니에서 봤던 일몰이 가장 기억에 남는다.

처음 독일에 왔을 때, 햇볕이 따사로운 날씨에는 휴가 내고 회사에 나오지 않는 사람이 많다고 들었다. '설마, 날씨가 좋다고 휴가를 내?' 이해할 수 없었다. 지금도 그 말이 사실인지 확신할 수 없지만, 그 말이 사실이 아니더라도 이해할 만하다. 독일 겨울은 길다. 3개월씩 4계절은 한국과 같지만, 오랫동안 춥고 긴 시간 어둡다. 8시가 훌쩍 넘어야 밝아지고, 4시면 해가 져 밤이 길고 어두울 뿐만 아니라, 낮에도 전등을 켜지 않으면 일상생활이 어려울 때가 많다. 구름 사이로 해가 보이지 않는, 하루 종일 넓게 펼쳐져 있는 먹구름과 비가 일상적인 겨울 날씨다. 어느 해인가, 날씨가 참 이리

도 지난한가 싶었다. 뉴스에서 올해 12월 일조량이 총 4시간
이라는 말을 듣고 할 말을 잃었다.

한국에 살 때도 햇살을 좋아했다. 나의 드림 하우스는 강
이 보이는 곳에 통창으로 하루 종일 햇살을 받을 수 있는 집
이다. 더 더워진 한국 여름 날씨를 생각하면 겨울 별장으로
나 쓸 수 있는 집을 꿈꾸고 있나 보다. 여름에도 자외선을 막
으려고 양산과 모자, 긴 옷으로 무장하며 살지는 않았지만,
햇살을 마주하지는 못했다. 그랬던 내가, 독일에 온 지 1년
만에 햇빛을 정면으로 마주하고 있는 나를 발견했다. 독일
사람들처럼 한여름 길거리 카페에 파라솔도 없이 정면으로
해를 바라보는 자충수는 둘 수 없지만, 봄, 가을, 겨울의 햇
빛과는 기꺼이 맞짱 뜰 준비가 되어 있다.

잠깐의 햇살도 놓칠 수 없어 반짝이는 날에는 세탁기를 놀
려 둘 수가 없다. 쌓여 있는 빨랫감은 당연하고, 어딘가 숨어
있을 빨랫감을 찾는 눈에서 광선이 나온다. 맑은 햇살이 그
냥 부서지는 게 아깝다. 탈탈 털어서 넌 수건이 따뜻한 햇
볕에 바짝 말라 가는 모습을 보면 기분이 좋아진다. 햇볕에
서 건조된, 만지면 부서질 것 같은 빳빳한 수건에서는 건조

기에서 꺼낸 것과 달리 풋풋한 햇살 냄새가 난다. 평화로움이 느껴진다. 수건에 충전된 햇빛이 에너지가 되어 내 얼굴이나 식구들 살갗에 닿으면 세상을 살아가는 데 필요한 용기도 희망도 줄 것만 같다.

"독일에는 해가 안 떠서 정말 우울해. 어쩌면 겨우내 이렇게 우중충할 수가 있냐?"

나의 불만에 친구가 말했다.

"해는 매일 떠, 단지 구름에 가려서 안 보일 뿐이지."

지금도 떠 있을 해의 존재를 자꾸 잊어버린다. 단지 구름에 가려져 있을 뿐인데.

노르웨이 여행 안내자가 말했다.

"노르웨이에 안 좋은 날씨는 없다. 단지 날씨에 맞지 않는 옷이 있을 뿐이다."라고.

여름에도 겨울옷을 입어야 하는 곳에 살면서 삶을 대하는 태도를 보여 주는 듯했다. 날씨는 내가 어떻게 할 수 없다. 날씨에 맞는 옷을 골라 입듯 오늘을 대하는 태도는 스스로 결정할 수 있다. 어쩌면 햇살 반짝이는 한국 날씨에 익숙해 있어 생기는 불만이 아닐까. 독일 사람들은 햇살이 비추면 거기에 열광하며 적극적으로 즐길 뿐이다. 독일에서는 야외 행사를 계획할 때 인사로 하는 말이 있다.

"Bring bitte die Sonne mit. (해를 데리고 와)"

그렇게 시작된 야외 행사에 햇살이 비추면 내가 해를 데려왔다고 농담을 주고받기도 한다. 4시면 어두워지는 겨울에도 햇살은 가끔 찾아온다. 그 햇볕을 적극적으로 즐기면 된다. 환경은 스스로 결정할 수 없지만 그 상황에 대처하는 태도는 얼마든지 선택할 수 있다. 어떤 선택을 하느냐는 각자의 몫이다.

이른 아침 학교에 가기 위해 자전거를 타고 길가로 나서는 딸의 입에서 탄성이 나온다.

"아! 너무 예쁘다."

딸이 바라보는 시선을 따라가 보니 오늘의 태양이 올라올 준비를 하며 하늘을 온통 붉은 빛으로 물들여 놓았다. 딸을 배웅하고 얼른 핸드폰을 들고나와 사진을 찍는다. 오늘이라는 하루에 행복 가득한 이름표를 붙여 준다. 이렇게 멋진 하늘을 볼 수 있는 오늘은 기적과 같은 하루라고. 나는 이미 햇살이 비추는 날씨만으로도 감동할 준비가 되어 있다. 삶을 대하는 태도를 그렇게 정했으니까. 자주 보지 못할 수는 있지만, 가끔 보더라도 그 순간을 백만 배 감동하며 살기로 했다.

02

손으로 빚어낸 나만의 향기

김은주

하고 싶은 것, 좋아하는 것을 갖고 싶었다. 1년이 넘는 기간동안 온갖 취미 활동에 도전했다. 피아노, 수채 캘리그라피, 소묘화, 디지털 드로잉, 나전칠기 등등. 주말에는 원데이 클래스도 열심히 쫓아다녔다. 사십 년간 억눌렸던 욕망이 폭발하는 나날이었다. 스스로 손재주가 없다고 생각해 좀 더 동적인 활동을 하고 싶기도 했다. 직업상 했던 프랑스자수, 퀼트, 손뜨개를 벗어나고 싶은 마음도 있었고. 그래서 자꾸만 몸으로 하는 것들을 경험했다. 취미 활동, 전시 감상, 운동 등 다양한 것들을 찾아 헤맨 끝에 내 곁에 남은 두 가지. '생활 도예'와 '독서 모임'이다. 코로나 이후 모든 것들이 바뀌었는데 그중 하나가 비대면 교육이다. 비대면 교육의 장점도 알지만 난 여전히 대면 교육이 좋다. 직접 얼굴을 보고 각자의 근황과 작품에 대한 감정을 나누는 시간이 따뜻하기 때문이다.

매주 월요일 오전 10시 주민센터 생활 도예 수업을 들으러 간다. 일 년 반이 넘는 시간 동안 꾸준히 도자기를 빚으러 걸음을 옮겼다. 생활 도예는 2시간 동안 소수 인원으로 수업이 진행된다. 도예 선생님이 출강하시는 서울은 대기까지 있다는 데, 남양주는 매 분기 폐강의 위기를 겪는다. 새로운 분들이 들어와도 다음 분기에 재등록하는 사람이 거의 없다. 흔히 생각하는 물레 작업이 아니어서 실망해 그만두시는 분도 있고. 시간과 정성을 많이 들여야 하는 작업에 겁을 먹고 포기하는 분도 있다. 그런 과정 속 소수 정예 요원처럼 지금의 도예 반 수강생들이 남았다. 나한테는 월요일의 시작을 함께하며 어지러운 머릿속을 정리해 주는 귀한 시간이어서 발걸음 가볍게 참여한다. 우리는 쌓기 방법으로 도자기를 만든다. 손으로 흙을 떼어서 공기를 뺀 후 반죽하고 원하는 모양으로 성형한다. 칼끝으로 필요 없는 부분을 깎아 낸다. 손으로 흙을 밀며 부드러운 선을 만들기도 한다. 접시 하나 만드는데 많은 손길이 필요하다. 천천히 다듬고 또 다듬고의 연속이다. 급하게 하면 돌이킬 수 없다. 금 가거나 그릇이 얇아져 깨질 위험이 커진다. 항상 마음 급해서 실수하는 나에게 도예는 딱 맞다. 도예 작업하며 한 단계씩 집중하는 방법을 배운다. 매번 반복되는 과정인데도 실수하고, 만드는 순서가 생각 안 날 때도 많다. 새로운 도자기를 만들 때마다 선생님께 질문을 쏟아낸다. 그럴 때마다 선생님은 이렇게 말한다.

"은주 씨는 참 긍정적이야. 같은 질문을 계속하면 민망할 수도 있는데 은주 씨는 거리낌이 없어. 일 년이 지났는데도 여전히 모르는데 해맑아."

"선생님 그게 제 매력이잖아요. 전 일주일 중 이 시간이 제일 재밌어요."

잘 못하면서도 콧노래를 흥얼거리니 선생님도 수강생늘도 웃음을 터트린다.

매주 뭘 만들까? 고민하는 데 요즘은 유행을 따라 하기도 한다. 텔레비전에 나온 이영자 그릇이 예뻐서 만든다는 회원을 따라 모든 수강생이 흙을 반죽하기 시작했다. 꼭 모자를 뒤집어 놓은 모양처럼 생긴 그릇이다. 냉면이나 일품요리를 담기에 적당해서 서울 도예 팀도 만들더라는 선생님 말씀에 고개를 끄덕였다. 막상 가마에서 구워져 나온 그릇을 받아보니 같은 그릇을 만들었는데 제각각 다른 모양에 피식피식. 분명 시작은 같은데 왜 결과물들이 이렇게 달라지지? 각자의 손에서 어떤 마법이 부려지는 걸까? 어느 날 옆자리 언니가 만드는 클로버 접시를 보고 눈이 반짝거렸다. "한 접시에 여러 반찬을 담으면 편하잖아. 나도 만들어야지." 자기합리화하며 나도 클로버 접시를 만들었다. 언니의 클로버 접시는 아기자기한데 내 접시는 참 투박하고 크기가 1.5배는 된다. 왜 작게 만들지 못하는 걸까? 도예 작업하며 내 접시는 다른 사람들과 비교하면 항상 크다는 걸 알았다. 작게 만들어야지 하는데 내 손에 남은 건 큰 그릇들. 곰곰이 생각에 잠겼다. 어릴 적 가난한 형편에도 엄마는 음식을 항상 푸짐하게 만드셨다. 큰 냄비에서 만든 음식을 커다란 그릇에 담은 먹음직스러운 음식들. 그게 습관이 되었나? 내가 만든 그릇들은 모두 커다란 녀석들이다. 뭐 어때? 내 맘에 들면 되지. 공장에서 만든 완벽한 그릇보다 어딘가 엉성한 모양의 내 그릇들이 어여쁘다. 도예 교실의 수강생들 모두 개성 가득한 자신의 그릇들을 사랑한다. 자신이 상상한 모양에 정성과 손길이 들어간 그릇은 세상에 하나뿐이다. 그렇게 품에 안은 도자기는 예술 작품이라 표현해도 과하지 않다.

　독서 모임은 내겐 꿈같은 일이었다. 직장 생활을 하면서 평일에 하는 독서 모임은 불가능했다. 자발적 실직자가 되자마자, 동네 독립 서점 '이또지라'와 청년 모임 '소소'에서 함께 만든 '소소다독'으로 독서 모임을 시작했다. 소소다독은 매월 한 가지 주제를 정하고 그 주제에 맞는 책을 각자 읽고 와서 서로의 감상을 나눴다. 같은 주제여도 다른 책들을 읽어와 다양한 책을 공유할 수 있어 좋았다. 이달의 주제를 받아 들면 어떤 책을 고를지 고민에 빠졌다. 도서관에서 주제를 검색하고 몇 권의 책을 빼 들고 와서 뒤적뒤적. 무슨 책을 읽을지 스스로 고르는 재미가 쏠쏠했다. 모임에 정년늘이 많아서 매년 『젊은 작가상 수상 작품집』을 함께 읽은 경험이 특히 기억에 남는다. 같은 작품집인데도 서로가 대상 작품으로 꼽는 작품이 달랐고 같은 문장을 읽고도 다른 생각을 말했다. '사람들 생각이 이렇게 다르다고? 어떻게 저렇게 생각할 수 있지? 신선한데. 내 생각보다 저 사람 해석이 더 마음에 드는데.' 문학과 비문학 등 다양한 주제의 책들을 읽고 만나서 대화 나누는 시간을 즐겼다. 그 모임이 없어지고 아쉬워하던

차에 새로운 오프라인 독서 모임을 만났다. '퐁당'이라는 독
서 모임은 만나서 서로의 안부를 묻고 조용히 앉아서 각자
가져온 책을 읽는다. 깔끔하게 한 시간 동안 책을 읽고 헤어
지는 방식이 새롭다. 모임장이 이십 대 초반이라 가능한 독
특한 컨셉이다. 일주일에 한 번 수요일 밤 외출에 책을 고르
고 마실 나가듯 참여한다.

온라인 독서 모임도 꾸준히 활동하고 있다. 직접 만나지
않고도 다양한 글 벗들과 함께 할 수 있는 장점이 있다. 필요
하면 줌으로 소통한다. 같은 책을 읽고 인상 깊었던 문장을
서로 나눈다. 보통 세 문장 정도를 골라 오는데 때론 같은 문
장을 골라도 해석이 다르다. 나는 이때가 가장 짜릿하다. 내
시선에서 보이지 않는 것들을 알게 되는 묘미가. 독서 모임
은 책이라는 주제로 만난 다양한 사람들이 생각을 나누는 대
화의 장이라고 생각한다. 맛이 다른 사탕을 고르는 설렘처럼
독서 모임도 선택했다. 그래도 고르라면 난 오프라인에서의
독서 모임을 사랑한다. 대면이 주는 따뜻함과 사람의 온기가
책을 읽는 것 이상의 만족감을 준다. 책을 고르고 모임 장소
까지 가면서 오늘은 무슨 말을 할까? 모두 어떤 책을 가져왔

을까? 상상하는 시간은 덤으로 얻는 기쁨이다. 책을 읽고 느끼는 감정과 생각은 각자가 다르다. 도자기도 같은 흙에서 각자 개성이 묻어나는 그릇들로 탄생한다. 다르다는 건 틀린 게 아니라 각자의 향기가 있다는 뜻이다. 모두 '나'라는 인간을 통해서 본인만의 고유한 향기를 만드는 마술을 부린다. 나는 이 과정을 '자가 회복'이라 부른다. 일상에서 찾아낸 특별한 회복 과정엔 나만의 냄새가 함께 한다.

03

안방의 프리마돈나

김재원

나는 노래를 좋아하는 음치다. 하지만 상관없다. 나는 나만의 스테이지가 있다.

토요일 아침, 남편은 아이를 데리고 집에서 한 시간 거리의 영화스쿨로 간다. 아이는 그곳에서 연출을 배우고 연기도 하고 있다. 그렇게 먼 곳까지 다니게 된 데는 계기가 있었다. 재작년, 남편이 예술회관에서 연극을 배워 단막극 무대에 오른 것이다. 아이는 아빠의 어색한 연기에 두 배로 부끄러워했지만, 그 일로 연기에 관심이 생겼는지 영화스쿨을 다니고 싶다고 했다.

이번에 그곳에서 아이들이 기획하고 찍는 단편영화에 남편이 선생님 역할로 출연하게 되었다. 그것이 남편과 아이가 함께 집을 나서는 이유다. 그는 겉으로 귀찮아하는 듯 보였지만, '나중에 상업영화에서 캐스팅이 들어오면 회사는 어떡하냐'는 황당한 농담을 던지는 걸 보니 속으로는 은근히 즐기고 있는 게 틀림없다. 이렇게 두 사람이 영화인을 꿈꾸며 무대에서 연기를 하는 동안, 나도 나만의 무대에서 해야 할 중요한 일이 있다.

바쁘게 아침을 먹여 이들을 내보내고 나서 설거지를 하고, 세탁기를 돌리고, 건조기에서 빨래를 꺼내 갠다. 그러고는 안방 드레스룸에 옷을 넣고 돌아서서 베란다로 가 이중창문을 굳게 닫는다. 그러면 지금부터, 여기는 나만의 스테이지다. 핸드폰에서 시아의 〈샹들리에〉를 재생하고 방 안 가득 멜로디가 울려 퍼지면, 나는 어느 이름 모를 프랑스 골목길에 서 있다.

저녁을 맞아 가로등에는 주황색 불빛이 반짝이고, 파쇄석이 깔린 길을 지나는 노란 머리의 행인들은 트렌치코트 깃을 세우고는 어깨를 한껏 움츠리고 있다. 옆에 앉은 세션의 건반에서 첫 음이 울리고, 나는 마이크를 손에 쥔 채 눈을 감는다. 전주는 쓸쓸하게 시작해서 점점 리듬을 타고, 클라이맥스를 향해가며 장면이 바뀐다. 나무로 된 벽이 둘러싼 층고

높은 거실에 화려한 샹들리에가 매달려 있고, 친구들이 손에
샴페인 잔을 들고 대화를 나눈다. 적당히 취한 나는 기분이
아주 좋다. 너무 많이 웃어 볼 근육까지 아프지만, 쉬지 않고
떠든다. 그러다 문득 슬픈 일이 생각난 듯 눈물이 주르륵 흐
른다. 급격히 찾아온 감정을 추스르지 못한 채 마스카라가
점점 번져 얼굴이 엉망이 될 때쯤, 노래는 끝난다.

다음은 이무진의 〈에피소드〉다. 눈이 소복이 오는 골목길
에서 나의 이야기는 시작된다. 까까머리에 교복을 입은 남고
생이, 쭈뼛거리며 나에게 편지봉투를 내민다. 나는 꽃무늬
이불이 깔린 내 방 침대의 커다란 베개를 안고 누워 연필로
쓰인 편지를 읽고 또 읽는다.

어느새 성인이 된 나는 싱그러운 잔디밭이 펼쳐진 공원에
앉았다. 민트색 카디건을 입은 내 무릎을 베고 그가 누워 있
다. 눈을 감고 있는 그의 눈썹을 물끄러미 바라보다가, 손끝
으로 조심스레 쓰다듬어 본다. 그의 속눈썹이 파르르 떨리
고, 내 마음은 콩닥거린다. 쑥스러워 바라본 하늘에 풍성한
벚꽃이 날리다가 한 잎, 두 잎 떨어지더니 갑자기 나무가 앙
상해져 있다. 발치를 바라보니 갈색으로 바싹 마른 낙엽이

수북하다. 정장을 입은 그의 가슴을 때리며 나는 울고 있다. 뒤돌아 걷는다. 차가운 바람이 매섭고 아프다.

이렇게 아픈 이별을 하고도 나의 무대는 끝나지 않는다. 자우림이 부른 〈스물다섯, 스물하나〉가 흘러나오고, 공기는 다시 청량하게 전환된다. 언덕 위 하얗게 펼쳐진 들꽃밭에, 중년의 내가 곱게 빗은 흰머리를 휘날리며 아련한 표정으로 서 있다.

"그때는 지금처럼 - 사무치게 알지 못했어 -"

나는 바람을 타고 기억 속 저편으로 이동한다. 일렁이는 수면에서 부서진 햇빛이 눈부시게 반짝인다. 청바지를 발목까지 걷어입은 나는 말 그대로 스물한 살. 맨얼굴과 빠알간 볼, 가지런한 어깨. 서걱거리는 모래의 감촉이 발바닥으로 느껴진다. 차가운 바닷물이 밀려와 발목까지 차오르자, 놀라 뛰어오르다 중심을 잃고 넘어지듯 그의 팔뚝을 잡는다. 옆모습의 그는, 흰 티에 걸쳐진 셔츠에 물이 다 튀었다. 풍경이 시리게 푸르다. 바다 내음은 짜고, 우리는 젊다.

해가 수평선 뒤로 넘어가고, 붉게 익어 가는 석양을 바라보는 두 손 잡은 우리의 뒷모습이 보인다. 천천히 고개를 돌려보는 순간, 그가 사라졌다. 짙어진 어둠 속에 나만 홀로 서 있다. 조용히 무릎을 감싸고 앉아 검은 바다를 바라본다. 파도가 부서지는 소리가 덮쳐오고, 공허함과 외로움만이 내 곁에 남았다. 나는 어느새 모래사장에 앉은 주름진 흰머리 할머니가 되었다. 모래를 손에 꽉 쥐어 본다. 흘러간 청춘처럼, 손가락 사이로 흩어지고야 만다. 나의 지나간 계절들과 아직 오지 않은 완연한 시절이 그렇게 눈앞에 생생하다. 노래 가사처럼 가슴 시리도록 행복한 꿈이다.

관객은 없다. 화장대 위의 드라이기 하나만 멍하니 나를 보고 있다. 박수 좀 치라구. 짝짝짝. 나는 프리마돈나가 되어 두 손 모아 공손히 인사한다. 내가 불렀던 꽃잎들이, 눈송이가, 그리고 바닷모래가 미련을 담은 채 바닥에 뚝뚝 떨어져 있다. 머쓱하게 코를 쓰다듬고 청소기를 가지러 거실로 나왔을 때, 삐리릭 소리가 났다. 현관을 바라보니 내 뮤직비디오의 남자 주인공이 들어온다. 그리고 키가 그의 절반인 나를 꼭 닮은 딸이 그의 뒤에 서 있다. 아이는 "엄마!" 하며 달려와 내 품에 쏙 안긴다. 남편은 점심으로 먹어 보니 맛있어서 샀다며, 찐만두 한 도시락을 꺼내 식탁 위에 놓는다. 그의 얼굴에는, 내가 처음 만났던 스물다섯 청년이 어렴풋이 남아 있다.

굳게 닫혔던 이중창문이 열리고, 살아 있는 진짜 바람이 거실로 들어온다. 내가 만든 공기는 흔적도 없이 깨끗하게 사라졌다. 아이가 아빠의 연극을 볼 때처럼, 두 배로 부끄러워할 일은 없다. 더 이상의 완전 범죄는 없으니까. 이미 온 집안은 아이의 웃음소리와 따끈한 만두 냄새로 가득하다.

노래를 못 부르는 나는 안방의 프리마돈나. 좀 못 부르면 어떠한가. 내가 즐겁다면 그걸로 충분하지 않을까. 무대에 서 있는 동안 나는 아이 엄마도, 남편의 아내도 아니다. 그 순간의 나는 오롯이 나 사신이 되어 존새할 뿐이다. 나만의 은밀한 취미는 이중창을 꼭꼭 닫은 안방에서 마이크도 없이 펼쳐지지만, 내가 살아온 시리게 푸른 시절과 가슴 터지던 이별은 진짜니까. 언젠가는 사람들 앞에서 내 노래를 들려줘야지. 아름다운 이야기가 가득한 나의 바다에 초대해야지. 나도 남편처럼, 나만의 황당하고 작은 꿈을 꿔 본다.

잠자기 전 침대에 누워 스마트폰을 만지작거리다가 아파트 온라인 게시판의 글이 눈에 들어왔다. 안방 화장실 환기

구를 통해서 소리가 올라오니 밤늦게 샤워하지 말라는 내용
이다. 갑자기 등골에 서늘한 느낌이 스친다.

설마…내가 안방 화장실 문을 닫았었나?

04

쇼핑 좋아하세요?

박나영

아빠, 엄마, 외동딸 가족 구성원이 같아 자연스레 '여행 메이트'가 된 남편 친구 가족과 떠난 하와이 여행에서의 일이다. 제법 친해진 아내분이 웃으며 제안했다. "하루는 레이디스 데이 어때요? 아빠들이랑 딸들은 알아서 놀게 하고, 우리끼리 쇼핑 가요." 여행시에서 여사들끼리만의 쇼핑이라니, 그 자체로 흥미진진한 모험처럼 느껴졌다. 아빠와 딸 팀과 다시 만날 시간을 의논하다 우리가 "저녁 먹을 때쯤?"이라 하자 남편이 태연히 한마디를 보탰다. "희원 엄마는 쇼핑을 별로 안 좋아해요. 몇 시간 못 버티고 힘들어할걸요." 순간 웃음을 터뜨릴 뻔했다. 세상에, 이렇게까지 자기 아내를 모를 수가 있다니. 사실은 그와 정반대인데 말이다. 나는 가족 여행에서 내 쇼핑을 '잠시 멈출 뿐'이다. 쇼핑을 좋아하지 않아서가 절대 아니다. 함께 떠난 이들의 리듬을 깨고 싶지 않아서 나의 욕망에 브레이크를 걸 뿐이다. 사실, 나는 쇼핑을 아주, 아주 좋아한다.

　내 쇼핑 취향은 조금 독특한 편이다. 물건을 잔뜩 쓸어 담기보다는 구경하고 비교하는 과정에서 더 큰 즐거움을 얻는다. 어떤 사람은 사고 싶은 걸 못 사면 스트레스를 받겠지만, 나는 수백만 원짜리 가방이나 수십만 원짜리 구두를 눈에 담는 것만으로도 이미 반쯤은 내 소유가 된 것인 양 즐겁다. 눈으로 지르는 타입이랄까. 사지도 않을 걸 뭐 하러 그렇게 보러 다니냐는 시선쯤은 개의치 않는다. 그 시간은 안목과 감각을 단련하는 일종의 훈련 과정이니까. 사회학자 피에르 부르디외는 '취향은 타고나는 것이 아니라 길러지는 것'이라 했고, 오스카 와일드는 '아름다움은 결국 보는 눈에서 시작된다'라고 하지 않았던가. 어쨌든, 이렇게 길러낸 안목 덕분에 자라(Zara) 등 SPA 브랜드 매장에서 디자이너 브랜드와 닮은 꼴 아이템을 쏙쏙 찾아낸다. 훨씬 가벼운 가격표를 단 버전으로 말이다.

혼자 하는 쇼핑은 포기할 수 없는 나만의 즐거움이다. 누구의 눈치도 보지 않고 오롯이 내 마음의 나침반만 따르면 된다. 발길 닿는 대로 천천히 걷다가 마음에 드는 물건을 만져보고, 입어보고, 감상하며 힐링을 즐긴다. 점원이 "도와드릴까요?" 하고 다가오면 당황하지 않고 상냥한 미소를 곁들이며 말한다. "그냥 둘러보는 중이에요. 감사합니다." 쇼핑에 있어 매너 있는 태도와 자연스러운 스몰토크는 생각보다 큰 힘을 가진다. 즐거운 대화 속에 쇼핑 팁이나, 예상치 못한 할인정보를 건질 때도 많으니까. 만져 보는 게 황송할 정도로 부드러운 캐시미어와 손끝에서 스르르 미끄러지는 양가죽, 어떻게 저렇게 색 조합을 했을까 싶은 감각적인 스타일링, 하나의 조각품처럼 눈부시게 빛나는 보석들…. 그것들을 내 옷장 속 아이템들과 머릿속으로 이리저리 매치해 본다. 손에 쇼핑백 하나 들지 않고 돌아오는 날에도 마음속 옷장은 이미 한가득 채워진 느낌이다.

친구와의 쇼핑은 또 다른 차원의 재미가 있다. 서로 좋아하는 스타일과 그동안의 쇼핑 아이템을 속속들이 공유하기에 함께하는 시간이 더욱 즐겁다. 어떤 친구는 "너 그거 비슷한 거 있어. 당장 내려놔."라며 내 소비를 단호하게 말려 주고, 또 다른 친구는 "어머, 그거 너무 예쁘다! 당장 사!"라며 자기 지갑까지 열어 가며 불을 지핀다. 말려 주는 친구와 가면 내 지갑이 활짝 웃고, 부추기는 친구와 가면 내 마음이 신나게 춤춘다. 이런 상반된 경험 속에서 쇼핑의 지혜는 근육처럼 단단해지는지도 모른다,

요즘 가장 즐기는 건 보물찾기 같은 쇼핑이다. 특히 보세 옷을 살 때 빛을 발한다. 집 근처 고투몰이나 보세 집, 인터넷 쇼핑몰을 둘러보다가 마음에 드는 옷이나 신발을 발견하면 즉시 사지 않는다. 먼저 휴대폰으로 사진을 찍어 둔다. 그리고 네이버 쇼핑 렌즈나 알리 익스프레스를 뒤지기 시작한다. 그러다 보면 뜻밖의 순간을 만난다. 똑같은 아이템이 믿기 어려울 만큼 저렴한 가격으로 눈앞에 등장하는 것이다. 그 순간 나는 현대판 사냥꾼이 된다. 고투몰에서는 10만 원대였던 스틸레토 힐을 알리 익스프레스에서 2만 원도 안 되는 가격으로 발견했을 때, 클릭 한 번으로 사냥에 성공한 원시인처럼 모니터 앞에서 혼자 환호성을 질렀다. 물론 덫도 있다. '싸니까 하나 더' '여러 개 사면 더 할인되니까!' 하다 보면 결국 많이 사게 된다. 계산기를 두드려 보면, 하나를 사든

다섯 개를 사든 지출은 비슷하다. 게다가 배송받아 보면 '이 건 옷일까? 옷 만들고 남은 천을 둘둘 말아 보낸 걸까?' 싶은 실패작도 더러 있다. 일종의 '교훈 컬렉션', 이러한 실패조차 도 안목과 경험을 키워주는 과정이라고 스스로를 다독여본 다. 가끔은 그런 옷 중 몇 벌이 자연스럽게 딸아이의 옷장에 들어가 있을 때도 있다. 역시 사람의 패션 취향은 세대마다, 사람마다 다른 법이다. 그리고 쇼핑실패담은 훌륭한 웃음 소 재가 되기도 하니 꼭 나쁜 경험만은 아니다. 그래서 나는 오 늘도 용감하게 클릭한다. 인생도 쇼핑도 해봐야 아는 법이니 까. 누군가 '꼭 그렇게 쇼핑해야 하나'는 질문을 해온다면 이 렇게 답하련다. 이것은 그저 돈을 쓰는 행위가 아니라, 안목 을 키우고 나만의 스타일을 찾아가는 탐험 비용이라고. 장바 구니에 담긴 건 옷이지만, 그 속엔 나의 호기심과 모험심이 함께 들어 있다고.

나에게 쇼핑은 안목과 감각을 단련하는 수업이자, 소중한 힐링 시간이다. 마음이 맞는 친구와의 즐거운 놀이이고, 때 로는 원시적 본능을 깨우는 작은 사냥이다. 이러한 쇼핑이 몇 시간 만에 끝날 리 없다. 가족 여행 시 자발적 휴전을 택하고 기꺼이 그들의 쇼핑 도우미가 되는 이유다. 그러니 남편이여, 제발 오해하지 말기를. 나는 쇼핑을 싫어하는 사람이 아니다. 오히려 누구보다 많이 즐긴다. 다만 내 방식, 내 속도, 내 스타일대로 즐기고 싶을 뿐이다. 제발, 내 앞에서 '쇼핑에 관심 없는 여자'라는 농담은 하지 말아 주기를.

나는 오늘도 또 다른 보물찾기를 준비한다. 왜냐고? 득템은 늘 준비된 자의 몫이니까. 나에게 쇼핑은 단순한 소비가 아니다. 눈을 반짝이게 하고 하루를 가볍게 들뜨게 해 주는 생활 예술, 몰래 즐기는 나만의 소소한 축제다. 새 옷을 사 입지 않아도 그날의 설렘이 마음에 고이 입혀진다. 쇼핑은 결국 물건이 아니라 기분을 사는 일이고, 그 기분이 하루를 반짝이게 만든다.

사랑하는 남편, 그 축제의 티켓은 당신 카드로 끊어 주면 된다.

05

구름 수집가

박서연

누군가는 꽃 사진을 찍고 누군가는 셀피 삼매경에 빠져있을 때, 나는 구름이 담긴 하늘을 수집한다. 청명한 하늘을 볼 때면 마음이 반짝거린다. 밀도 높은 흰 구름이 파란 하늘을 압도하며 시선을 붙잡는다. 산들바람이 불어오면 발걸음마저 가벼워진다. 새로운 하늘을 삼시 세끼 만찬처럼 맞이하는 이 계절은 여름 내내 추락했던 활기에 심폐소생술을 해 주러 온 게 아닐까 싶다.

이른 아침 수영장으로 향하는 길에서는 이마에 닿는 공기의 감촉으로 계절의 변화를 느낀다. 장난스럽게 스친 바람은 무거운 몸과 마음을 흔들어 잠을 깨운다. 생기가 넘치다 못해 수다스러운 풀벌레와 새들의 소리를 들으며 걸어간다. 돌진하듯 앞만 보며 출근하는 사람들과 산책 나온 강아지를 마주친다. 가끔 강아지처럼 멈춰 서서 하늘을 바라본다. 바람을 느끼고 숨을 고르고 꽃과 나무를 바라보다가 수영 대신 산책을 할까 고민하기도 한다. 몇 걸음 뗄 때마다 밝아지는 하늘은 계절의 변화와 향기를 나에게만 알려 주는 것 같다. 마치 은밀하게 움직이는 것들의 유일한 목격자가 된 듯하다. 내가 특별해지는 순간이다.

라디오 방송을 듣다가 영국에 구름 감상 협회(The Cloud Appreciation Society)가 있다는 걸 알게 됐다. 세상 어딘가에 구름을 사랑하는 사람들이 5만 명이나 있다니 괜히 반가웠다. 전 세계에서 찍힌 사진은 입이 떡 벌어지게 다채로웠다. 하지만 내 눈으로 직접 본 것과 누군가의 시선을 평면으로 보는 것은 감동의 깊이가 다르다. 문득 발견한 순간의 감정이 추억으로 남는 '마음의 기록'이 되기 때문이다. 멤버십 가입은 미뤄 뒀다.

고개만 돌리면 하늘을 볼 수 있다. 오전에는 거실 창이 있는 동쪽 하늘에 눈길이 간다. 파란 하늘에 옹기종기 모여 있는 양떼구름을 만나면 몸도 마음도 말랑해진다. 자욱한 안

개와 구름으로 가득 차서 마치 연기 속에 갇혀 버린 듯, 앞이 보이지 않는 날이었다. 창을 열고 손을 뻗었더니 차가운 감촉이 느껴졌다. 손가락 사이로 구름이 스쳐 갔다. 살아 있는 무언가와 인사를 나눈 것 같았다. 며칠 전 한낮에는 아기 공룡 두 마리가 손을 맞잡고 있는 것 같은 구름을 만났다. 그 위에는 가녀린 하현달이 떠 있었다. 대낮에 말갛게 뜬 달도 신기했지만 구름이 사랑스럽고 귀여웠다. 휴대폰을 꺼내 사진을 찍었다. 가족들에게 보냈는데 아이 눈에는 하트모양으로 보인다고 했다. 이렇게 다를 수가!

거실에서 뭉게구름, 새털구름 같은 아기자기한 구름을 만난다면 오후의 작은 방에서 지는 해가 파노라마처럼 펼쳐진다. 식탁에 앉거나 설거지하다 보면 핑크빛 하늘이 "나 좀 봐줘" 신호를 보내올 때가 있다. 짙은 푸른색과 핑크색이 섞여 우아하게 하늘을 물들일 때면 녹아 버릴 듯 황홀한 기분이 든다. 여기가 아프리카 초원이 아닐까 싶은 착각이 들 때도 있다. 불타는 오렌지빛이 일렁이는데, 그럴 때면 설거지하다 말고 고무장갑을 내팽개치고 곧장 작은 방으로 뛰어간다. 주황과 노랑, 빨강으로 겹겹의 레이어가 쌓인 노을과 그 빛에 물든 구름을 볼 때면 엄마! 자기야! 아이 이름을 부르며 소동

아닌 소동이 일어난다. 애타는 부름이 들릴 땐 재빨리 달려
가야 한다. 초 단위로 바뀌는 구름은 순간을 놓치면 그새 빛
과 모양, 색이 달라져 두 번 다시 만날 수 없기 때문이다.

기술적으로 완성도가 높거나 예술적 감각이 돋보이는 사
진은 아니지만 나만의 구름 컬렉션이 있다. 같은 하늘, 같은
구름은 없기에 눈길이 가고 마음이 닿으면 그때마다 휴대폰
을 꺼내 사진을 찍는다. 눈에 보이는 대로 사진에 담기지는
않지만, 요리조리 찍어 본다. 감동한 만큼 찍히지 않아도 괜
찮다. 사진을 볼 때면 새록새록 그때의 감정이 살아나니까.
운전할 때는 사진을 남길 수 없어 아쉽다. 한가한 길이라 신
호에 걸리면 좋겠다고 생각했는데 뒤에 차가 줄줄이 따라와
찰나를 놓친 적 있다. 아쉬움을 친구에게 이야기했더니, 그
녀는 마치 외계인을 보듯 나를 바라보며 말했다.

"너랑 얘기하면 하루도 빼놓지 않고 하늘 얘기를 하는 것
같아. 하늘은 늘 있는 건데.(웃음)"

구름에도 이름이 있다. 떠 있는 높이와 날씨, 바람의 방향
과 계절에 따라 볼 수 있는 구름이 다르다. 붙잡을 수 없고
흘러가기에 마주한 매 순간이 내게는 더없이 소중하다.

‘친구야, 내 하늘 타령은 계속될 텐데 어쩌지.’ 속으로 말한다.

아이와 진로 문제로 다툰 뒤, 강변북로를 달리고 있었다. 걱정과 근심이 가득했던 날, 울고 싶은 내 마음을 아는 듯 비가 퍼부었다. 남편과 함께 차에 있었지만 말없이 창밖만 응시했다. 금방 그칠 것 같지 않던 비였는데 갑자기 뚝 그쳤다. 드러난 하늘은 시커멓고 무거운 구름으로 가득했다. 구름의 무게가 내 어깨에 내려앉은 듯 기분도 아래로 꺼지는 것만 같았다. 한참을 달리다 보니 맑은 날의 햇살보다 더 눈부시게 느껴지는, 청명하고 깊은 하늘이 보였다. 온통 잿빛으로 덮인 하늘 한가운데 동그랗게 열린 구멍. 나를 위한 숨통 같았다. 긴 숨을 내쉬었다.

희망은 절망 위에 존재한다는 걸 알면서도 자주 잊는다. 잠시 멈춰 조급함을 내려놓고 기다리면, 반짝이는 빛이 드러날 거라고 위로해 주는 것 같았다. 하늘은 감정의 모양을 닮았다. 슬플 때건 기쁠 때건 높은 곳에서 훤하게 꿰뚫어 보고 품어 주는 것 같다. “내가 다 알아.”라는 토닥임처럼.

올려다본 하늘은 스쳐 지나갔지만, 마음에 담아 두면 나를 위로하고 웃음 짓게 하는 선물이 된다.

돈만 있으면 살 수 있는 명품보다 내 구름 컬렉션이 좋다. 나만 가질 수 있는 유일무이한 것이니까. 시선이 머물러 마음에 닿는 것들을 수집한다. 그 안에는 눈치 보지 않고 경탄할 수 있는 나만의 세계가 있다. 세상 흔하고 쉬운 것들 속에서 작은 기쁨을 발견할 때 행복은 멀리 있는 것이 아니라 바로 지금, 내 곁에서 반짝이고 있음을 느낀다. 어쩌면 행복은 가장 수집하기 쉬운 것이 아닐까.

오늘은 어떤 구름을 수집할까?

06

취향 없음이 가져다주는 자유

신유진

25년 직장 생활의 마침표를 찍으며, 겨우 오만 원짜리 이름 없는 가방을 나에게 선물했다. 무늬 없는 단색이라 무지(無地) 가방. 마침 'MUJI' 매장에서 구매한 터라 나는 이 가방을 '무지 가방'이라 부른다.

용산에 있는 우리 부서 인력 모두 의왕센터로 가게 되었다. 서울 동쪽 넘어 경기도에 사는 나는 용산까지가 마지노선이었는데 거기서 1시간을 더 가야 했다. 무리였다. 퇴사를 확정 짓고 후임자에게 인수인계하기까지 옮긴 사무실에서 한 달간 근무하기로 했다. 이곳을 떠나면 다시는 이만한 대우를 받는 직장을 구할 수 없을 것 같았다. 직감적으로 알 수 있었다. 마지막이라는 것을. 아이 키우고 집안일 하면서 50

넘어서까지 버텼으니, 퇴사 기념으로 나에게 비싼 선물을 하고 싶었다. '명품 가방 하나 장만해 볼까?' 생각했다. 오랜 시간 회사 다니며 해외여행 갈 때 하나쯤 살 수 있었지만, 관심 없었다. 마음만 먹으면 살 수 있었으니 욕심이 없었던 걸까. 이제 남편이 주는 생활비로 살림하면, 나를 위해 돈 쓰는 게 쉽지 않겠지 하는 생각이 들었다. 명품 축에 드는지 모르겠지만 가지고 있는 가방 중에 명품 딱지가 붙어 있는 건 결혼할 때 산 버버리 핸드백, 한때 온 국민이 들고 다녔던 루이뷔통 보스턴백이 전부다. 그마저도 나의 장롱 속에서 잠자고 있다가 오래전 엄마 집 장롱으로 옮겨졌다.

내가 결혼할 즈음에는 사회전반이 혼수에 민감했다. 시댁에서 집이나 전셋집을 해 줬는지, 다이아몬드 반지는 몇 캐럿짜리인지 따지곤 했다. 해외여행이 흔치 않았던 그 시절, 시계와 핸드백은 신혼여행 가기 전 면세점에 들러 사는 게 일반적이었다. 고시 공부하다 실패한 지금의 남편이 취직하자마자 결혼하는 거였기에, 그는 돈이 없었다. 검소한 교사 집안에서 다섯째인 남편을 결혼시키기까지 부모님도 여력이 많지 않으셨다. 7년 연애 끝의 결혼이라, 나는 아무렇지도 않

있다. 명품이 꼭 필요한 건 아니었으나, 결혼 예물로 당연히 장만해야 한다고 생각했다. 주위 친구들 다 그렇게 했으니까. 면세점에서 사면 다 명품인 줄 알고, 장충동 신라면세점에서 버버리 핸드백과 이름도 잘 생각나지 않는 브랜드의 시계를 샀다. 신혼여행을 다녀와 결혼식에 와 준 친구들, 부조금을 보내 준 회사 동료들에게 밥을 사는 자리에 가면 내가 착용한 반지, 핸드백, 시계에 관심을 가졌다. 그들이 나를 평가하는 것 같아 기분 나빴다. 값비싼 혼수를 받았으면 시집 잘 갔다고 부러워하는 문화가 싫었다. 내가 초라하게 느껴졌다. 나에겐 비싼 명품이었지만, 이미 좋은 명품을 소장한 친구들 앞에서는 주눅이 들었다. 착용하지 않은 것만도 못하다는 생각이 들었다. 이런 부담에서 자유로워지려면, 아예 사지 않는 게 낫다고 생각했다. 어설프게 갖추느니 차라리 아무것도 없는 '무(無)'를 택하는 편이 낫다고. 이후 여행지에서 가죽이 좋거나 디자인이 특이한 물건에 더 눈길이 갔다. 그래도 이제 하나쯤은 장만해야 하지 않을까 고민하고 있었다.

마지막 회사에 입사했을 때, 코로나가 절정에 달했었다. 혼자 점심시간을 보내는 게 자연스러웠다. 비가 오는 날도 눈이 오는 날도, 햇빛이 강한 날도 용산 아이파크몰은 밥 친구보다 든든한 존재였다. 커피와 샐러드로 점심을 간단히 먹고 운동 삼아 한 바퀴 아이쇼핑을 하곤 했다. 어떤 날은 영풍문고에서 책을, 어떤 날은 자라에서 옷을, 또 어떤 날은 가구를 구경했다. 가장 자주 가는 곳은 'MUJI' 매장이었다. 사회적 분위기 탓에 한동안 일본 제품을 멀리했었다. 하지만 군더더기 없는 무지의 제품들은 내 시선을 붙들었다. 취향이랄 게 없는 밋밋함, 역설적이게도 그 점이 내 마음을 사로잡았다.

2년여의 용산 생활을 마무리하면서 나의 아지트와 자주 가서 정이 들어 버린 장소에 작별 인사를 했다. 아이파크몰을 돌다가 마지막으로 'MUJI' 매장에 들렀다. 패션잡화 코너에서 내 눈을 사로잡은 물건이 있었다. 결국 장롱 신세가 될 것을 굳이 살 필요가 있을까? 명품 대신 'MUJI'의 제품을 택했다. 그렇게 퇴사 기념품으로 무지 배낭을 샀다.

회사를 그만두고 매일 카페나 도서관으로 출근한다. 집 앞 반경 500미터를 벗어나지 않아도 짐은 한가득이다. 오늘도 무지 배낭을 메고 나왔다. 가방은 요술 주머니처럼 끝도 없이 물건을 넣을 수 있다. 14인치 노트북과 원고를 넣은 L파일, 지갑은 물론이고 책 두 권과 독서대, 화장품 파우치와 에

어컨 바람을 막아 줄 카디건까지. 왼쪽 사이드 주머니에는 텀블러, 오른쪽에는 양산을 찔러 넣었다. 이 많은 짐을 숄더백에 넣었다면 내 어깨는 벌써 내려앉았을지도 모른다. 어깨를 짓누르던 25년 직장 생활의 책임감이 사라진 자리에, 내가 좋아하는 것들로 가득 채웠다. 배낭을 메니 양팔이 자유로워졌다. 팔을 휘저으며 씩씩하게 걷는다. 흔들리는 두 팔만큼 걸음걸이도 경쾌했다. 걷다가 마음에 드는 풍경이 보이면 폰을 꺼내 사진을 찍기도 한다. 돌아오는 길 마트에 들러 장을 봐도 양손 가득 짐을 들 수 있게 되었다. 그래서 카페 갈 때도 집 앞 공원 산책하러 갈 때도, 등산 갈 때도 여행 갈 때도 무지 배낭은 내 짝꿍이다. 검정이라 때도 타지 않고 방수까시 돼서 비가 와도 가방 안의 물건이 젖을 일이 없다. 단색이라 어떤 옷에도 어울린다. 결혼식 같은 행사를 제외하고는 정장에 입어도 어색하지 않다. 그래서 나는 무지 가방을 무지 좋아하게 되었다.

모임에 나갔다가 정임 언니에게 동생이 직접 만들었다는 키링을 선물 받았다. 노란색 해바라기 모양이었다. 그날도 무지 배낭을 메고 있던 나는, 앞주머니에 선물을 넣어 두었다. 잊고 있던 어느 날 가방을 정리하다 발견했다. 무지 배낭 지퍼 고리에 키링을 달았다. 밋밋했던 가방에 생기가 돌았다. 검정 바탕이 노란 해바라기 키링을 기꺼이 품어주는 듯했다. 마치 키링을 주인공으로 받쳐 주기 위해 존재하는 것처럼. 명품 가방이 디자이너가 완성해 놓은 마침표라면, 이 가방은 내가 만들어갈 이야기가 아닐까. 무늬가 없다는 것은 아무것도 없음이 아니라, 어떤 무늬든 그릴 수 있는 자유, 모든 것을 담아낼 수 있는 여백의 공간임을 알 것 같았다. 퇴사 후 내가 걸어가야 할 삶의 방향을 보여 주는 듯했다.

누군가 내 가방을 톡톡 치며 부른다.

"학생!"

"저요?"

고개를 갸우뚱하며 말씀하신다.

"학생은 아닌 것도 같고, 전자 상가 가려면 어디로 나가요?"

명품 가방을 메고 있었으면 누가 날 학생으로 봐 주었을까. 가방 덕분에 젊음도 얻었다.

07

다시 노래하는 법을 배우다

신은정

2025년 2월 17일 저녁, 마사지를 받으러 가던 길이었다. 2월의 공기는 차갑고 날카로웠다. 목도리 속으로 파고드는 한기, 얇은 오리털 파카의 부드러운 안감이 위안이 되는 쌀쌀한 날씨였다. 굴다리에서 나오던 차가 걸어가는 나를 그대로 들이받았다.

쓰러진 나에게 낯선 이들의 손길이 이어졌다. 누군가는 자신의 목도리를 벗어 내 목에 받쳐 주었고, 누군가는 편의점에 들어가 핫팩을 사 왔다. "남편하고 통화하고 싶어요."

누군가가 휴대전화로 전화를 걸어 주었다. 그날의 시간은 흐르는 물처럼 기억 속에서 사라졌다.

기억 속에서 사라진 시간에도 나는 남편의 전화번호를 또

렷이 기억해 전화까지 했다고 한다. 전화를 받은 남편은 내 목소리가 너무 차분해서 가벼운 접촉 사고쯤으로 생각했다 며 웃으면서 말했었다.

의사는 시간이 지나면 '기억이 돌아올 수도 있다'라고 했지 만, 그날의 장면은 지금도 돌아오지 않고 있다. 어쩌면 다행 인지도 모른다. 며칠 뒤 핸드폰에 남아 있던 번호로 전화를 걸어보니 119구급대원이 아니라 사고를 신고해 준 분의 번호 였다. 그제야 사고 현장에서 나를 도와준 사람들이 있었다는 걸 알게 되었다. 은인 김지연이라는 분께 감사한 마음을 전 하고 싶었지만 결국 만나지는 못했다.

'고관절 치환술'이라는 큰 수술을 받았다. 수술실 앞에서 대기하는 시간, 온몸이 얼어붙는 듯 차갑게 떨렸다. 차가운 공기, 환한 불빛, 바쁘게 오가는 의료진의 발소리가 유난히 크게 들렸다. '괜찮을 거야', '혹시나'하는 마음이 밀려왔다. 수술이 끝난 뒤, 의사 선생님은 천천히 깊게 숨을 쉬는 법을 알려 주었다. 호흡하니 살아 있다는 감각이 돌아오는 듯했 다. 수술은 다행히 잘 끝났지만, 통증은 숨을 멎게 했다. 무 통 주사가 들어갈 때면 사라졌지만, 멈추면 날카로운 통증이 파도처럼 밀려왔다. 그 아득한 고통 속에서도 버텼다. 한 달 동안 치료받고 병원을 다시 옮겨야 하는 상황이 왔다. 이전엔 119 침대에 누워 들어갔지만, 이번엔 병실을 걸어서 들어갔다. 그 사실 하나만으로도 감사했다.

처음엔 '왜 나에게 이런 일이 일어났을까'하는 생각뿐이었다. 몸의 고통보다는 마음이 더 힘들었다. 매일 사람 만나고, 골프와 필라테스 모임으로 하루를 채우던 삶이 한순간에 멈춰 버렸다.

병원에서 워커를 의지해서 한발 한발 걸었다. 내 모습이 낯설었다. 시간이 지나면서 조금씩 받아들이게 되었다. 재활은 단순히 몸을 회복하는 과정이 아니었다. 이전의 나와 달라진 나'를 인정하는 일이라는 걸 그때 알았다.

매일 아침, 의사 선생님을 진료실에서 만났다. "근력이 빠지지 않게 운동하세요. 계단을 이용하거나 두꺼운 책을 놓고 하루에 백번씩 하세요. 이건 좋은 게 아니라 꼭 해야만 합니다." 단호한 말투였지만 따뜻했다. 그 말이 좋았다. 매일 운동하고, 침대 위에서도 스트레칭을 멈추지 않았다. 조금씩 변화가 시작되었다. 표정은 부드러워지고 걸을 때도 힘이 생겼다. 몸의 회복보다도 더 큰 건 믿는 마음이었다. 덕분에 신경과에서 받은 약도 조금씩 줄여 갈 수 있었다.

벚꽃이 만발한 어느 날이었다. 병원 창밖으로 쏟아지는 햇살이 따뜻했다. 가만히 앉아 있을 수가 없었다. 용기 내어 병원을 나와 탄천으로 향했다. 봄은 이미 한창이었다. 떨어지는 벚꽃을 손으로 잡으려는 사람들, 연인들의 속삭임, 아이들의 웃음소리가 바람결에 섞여 흘렀다. 천천히 걸었다. 살랑이는 바람 속 벚꽃잎이 눈처럼 흩날렸다.

'벚꽃이 이렇게 예뻤던가?' 한 잎 두 잎 떨어지는 벚꽃잎을 바라보며 생각했다. 살아 있다는 건, 이렇게 다시 봄을 맞이하는 일이구나.

그날 이후 매일 탄천을 걷고, 벤치에 앉아서 봄을 느꼈다. 그 평온함은 내게 주어진 삶이 건넨 가장 큰 선물이었는지도 모른다. 생일날 퇴원했다. 가족들과 함께하며 다시 한번 세상에 태어난 듯 제2의 인생을 살아 보겠다고 스스로 다짐했다.

퇴원하고 재활하며 지내던 어느 날, 우리들의 발라드라는 프로그램이 재미있다는 이야기를 듣고 유튜브를 찾아보았다. 예전부터 발라드를 좋아했다. 트로트 열풍에 잠시 묻혀 있던 발라드 감성이 다시 깨어나는 순간이었다. 홍승민이 부르는 〈흩어진 나날들〉을 틀었다.

"아무 일 없이 흔들리는 거리를 서성이지, 우연히 널 만날 수 있을까. 견딜 수가 없는 날 붙들고. 울고 싶어"

'울고 싶어'라는 가사에 마음이 먹먹해졌다. 나도 모르게 눈물이 흘렀다. 사랑하는 사람을 만나 밥을 먹고, 좋아하는 노래를 따라 부르는, 아무것도 아닌 순간이 기뻐서였을까. 이제는 내 마음이 향하는 방향으로 살아 보고 싶은 생각이 들었다. 그게 나다운 삶이니까.

평소 음악을 즐겨 듣는다. 노래 부르는 것도 좋아하고, 노래를 배우는 것도 좋아한다. 사고 전 보컬 수업을 받다가 중단해 둔 것이 있었다. 홍승민 버전으로 〈흩어진 나날들〉을 배워 보고 싶다는 생각이 들었다. 보컬 선생님과 다시 수업을 잡았다. 선생님도 이 곡을 좋아한다고 했다. 몸이 회복되듯 마음도 리듬을 찾아가고 있다. 이전처럼 바쁘게 살지 않아도 괜찮다.

집안일하다가도 자주 흥얼거린다. 식탁 닦으며, 차 마시며, 산책하며, 노래의 한 구절을 따라 부른다. 가사를 모두 외운 것도 아닌데, 멜로디만 흘러도 입술이 먼저 따라 움직인다. 노래를 부르다 보면 마음이 고요해진다. 목소리를 낸다는 건, 어쩌면 내 안의 생기를 확인하는 일인지도 모른다. 사고 후 '잘 걷는 법'을 배웠고, 이제는 '노래하는 법'을 배우고 있다. 다시, 인생 리셋이다.

08

나를 소중히 여기는 시간

한승희

아침 8시 30분, 매일 비슷한 일상을 시작한다. 아이들을 학교에 보내고 거실 창 앞에서 스트레칭을 한다. 마음만은 30대인데, 요즘 내 몸은 40대 후반처럼 느껴진다. 몸은 굳어 있고 머리카락도 우수수 빠진다. 예전 같지 않은 컨디션 때문에 쉽게 지치고 우울해진다. 좋은 마음으로 하루를 시작하지만, 어느새 스트레스가 쌓여 몸과 마음이 지칠 때가 많다. 스트레스 받지 않으려면 어떻게 해야 할까? 고민한다고 해결되는 건 아니기 때문에 지금 내가 해야 할 일에만 집중하려고 한다.

창가에 앉으면 눈이 서서히 밝아지는 느낌이 든다. 어떤 날은 눈이 겨우 떠지기도 한다. 하지만 그때마다 햇빛은 늘 같은 자리에서 나를 기다린다. 특별할 게 없는 아파트 앞 풍경이지만, 이 순간만큼은 오직 나만을 위한 시간 같다. 집 안의 작은 소리. 예를 들면 냉장고 소리, 시계 소리, 세탁기 돌아가는 소리까지 하루의 시작을 알려 준다. 식탁에 앉아 잔잔한 피아노 음악을 틀어 두면 마음이 느긋해진다. 이 시간만큼은 누군가의 기분이나 상태에 따라 움직이지 않아도 된다. 오롯이 나에게만 집중할 수 있는 시간이다.

예전의 나는 이런 순간들이 주는 힘을 몰랐다. 행복은 반드시 크고 특별한 것이어야 한다고 믿었다. 동대문 시장에서 양손 가득 쇼핑백을 들고 와야만 만족했고, 몇 달 전부터 치밀하게 준비한 여행만이 진짜 힐링이라고 생각했다. 그래서 평범한 일상은 늘 '기다림의 시간'으로만 느껴졌다. 특별함을 위한 준비기간, 혹은 버텨 내야 하는 시간 같았다. 하지만 어느 날 문득 이런 생각이 들었다.

'왜 행복을 거창하게만 생각했을까? 매일 나를 지나치는 수많은 작은 순간들은 왜 보지 못했을까?'

눈을 돌려보니 일상에는 생각보다 많은 여유와 작은 기쁨들이 숨어 있었다. 그동안 너무 바쁘게 지나쳐서 보지 못했을 뿐이었다.

아침 컨디션이 괜찮은 날이면 슬리퍼를 신고 아파트 지하 북카페로 내려간다. 츄리닝 차림으로 문을 열고 들어가도 아무도 신경 안 쓴다. 무인 커피 자판기에서 아메리카노 버튼을 누르고, 뜨거운 커피가 잔에 채워지면 내 마음도 따뜻해진다. 창가에 앉아 한 모금 마시면 복잡했던 생각이 단순해지는 것 같다.

요즘 읽는 책은 안은영 작가의 『여자공감』이다.

"여자는 누군가에게 맞추기보다, 자신을 먼저 바라봐야 한다."

이 문장을 읽는 순간, 오랫동안 눌려 있던 무인가가 풀리는 기분이었다. 나는 늘 누구의 기분을 먼저 살폈고 가족과 일, 학생들, 해야 하는 일들을 챙기느라 나를 가장 마지막에 두었다. 내가 나를 바라보는 시간은 뒷전이었다. '내가 나를 위하지 않으면서, 어떻게 다른 사람을 진심으로 챙길 수 있을까?' 한동안 이런 생각을 했다. 그리고 그동안 내가 지켜온 아주 작은 순간들이 떠올랐다. 북카페 창가의 고요한 아침, 커피 한 모금에서 느껴지는 따뜻함, 책 넘기는 소리, 잠시 멈추고 숨을 고르는 몇 분. 누군가에게는 흔한 일상처럼 보일지 몰라도 나에게는 '나를 다시 중심에 놓는 시간'이었다.

북카페에서 여유 있는 시간을 보낸 뒤 집으로 올라오면 그제야 비로소 집안의 일상이 다시 눈에 들어온다. 아이들이 아침에 사용한 그릇들, 서둘러 나가며 침대 위에 남겨둔 이불, 세탁기 위에 쌓인 빨래까지 어수선한 부분을 하나씩 정리하다 보면 어느새 한 시간이 훌쩍 지나있다. 특별히 힘든 집안일을 하는 것도 아닌데, 생각보다 많은 에너지를 쓴다.

하지만 이 시간을 건너뛰면 퇴근 후 집에 들어왔을 때 마음이 금방 흐트러진다. 그래서 가능한 한 아침의 시간을 써서 정리하려고 한다. 반짝반짝 깨끗할 필요는 없다. 그저 기본적인 것들만 제자리에 놓여 있어도 마음이 한결 편안해진다. 싱크대가 비어 있고 빨래 건조대가 조금 가벼워져 있고 방이 숨을 쉴 만큼만 정돈되어 있으면 충분하다. 아침에 움직이면, 저녁에 문을 열고 집에 들어왔을 때 '오늘 하루도 잘 버텼다.'라는 작은 위로가 나를 맞아준다.

집안일을 마치고 나면, 브런치 시간이 찾아온다. 냉동실에서 꺼낸 밥과 김치를 팬에 넣어 살짝 볶고 계란 후라이를 올려 완성한다. 팬에서 밥과 김치가 볶이는 소리와 향, 노른자가 톡 터지는 순간까지, 오로지 나를 위한 시간이다. 마지막으로 드립커피를 내려 커피 향이 부엌을 가득 채우면 더 이상 바랄 것 없이 마음이 풍요로워진다. 이런 아침 브런치는 바쁜 날에는 경험할 수 없고 오후 출근이 여유로운 날에만 누릴 수 있는 자유다.

저녁이 되어 퇴근길에 오르면 몸은 분명 피곤하지만, 마음 한편에는 오늘도 잘 살았다는 감각이 남아 있다. 큰 성취는 없어도 나를 돌보는 시간을 포기하지 않았다는 사실만으로 하루는 충분히 의미가 있다. 이제부터는 집안일보다는 나를 조금 더 챙겨 보려고 한다. 완벽하지 않아도 괜찮고 하루에 단 몇 분이어도 좋다. 중요한 건 나를 삶의 가장자리로 밀어내지 않는 것이다. 오늘도 잠자리에 들기 전 나에게 묻는다. 오롯이 나 자신을 위해 쓰고 있는 시간이 있었는지. 작은 쉼과 사소한 돌봄이 쌓여 결국 우리를 다시 일으켜 세운다. 내일도 조금씩 나를 챙기자. 그 마음의 여유가 오늘을 버티게 하고 내일을 살아갈 힘이 되어 줄 테니까.

09

핑크 컬렉터

허미나

"또 핑크야?"

남편이 택배 상자를 보며 웃는다.

"응, 요가 양말!" 상자를 열어 핑크 양말을 꺼낸다. 운동할 때마다 발끝으로 보일 이 양말을 생각하니 입꼬리가 올라간다. 요즘은 뭘 사든 자연스럽게 핑크를 찾는다. 온오프라인 상관없이 핑크가 있는지부터 확인한다. 가끔 남편이 "다른 색도 있는 거 알지?"라고 물으면 웃으며 대답한다. "핑크가 제일 마음에 들어." 색상을 고를 때 고민할 필요가 없으니 편하긴 하다. 언제부터 핑크에 끌리게 된 걸까? 그 시작은 아주 오래전이었다.

초등학교 입학을 앞두고 매일 잠을 설쳤다. 몇 반이 될까,

선생님은 누구실까? 나는 어떤 가방을 갖게 될까? 그 무렵 아빠 지인이 입학 선물을 들고 오셨다. 아빠는 둘째가 입학한다고만 말했나 보다. 손님이 가신 후 포장을 풀어본 순간 아무 말도 나오지 않았다. 하얀 종이에 싸여 있던 빳빳한 새 가방은 다름 아닌 진한 카키색이었다. "이걸 어떻게 메고 가. 남자애들 가방이잖아." 바닥에 주저앉아 울었다. 엄마는 새 가방이니까 한번 메고 가보라고 했다. 입학식 날, 교실에 들어서자 아이들의 예쁜 가방들이 먼저 눈에 들어왔다. 첫날을 온전히 즐기지 못하고 돌아왔다. 매일 아침 카키색 가방을 메고 학교 가는 게 싫었다. 몇 달을 그렇게 보냈을까. 어느 날 언니가 메던 낡은 빨간 가방을 물려받았다. 갖고 싶었던 핑크 가방은 아니었지만, 날아갈 듯 기뻤다. 따뜻한 빨간색도 예뻤다. 가방 모서리는 헤져 있었고, 안쪽엔 언니 이름이 적혀 있었지만 상관없었다.

기쁨도 잠시였다. 중학교에 올라가자 조금만 화려하게 입으면 아이들이 수군거렸다. "쟤 왜 저래?" 튀고 싶지 않았다. 그렇게 중, 고등학교를 거쳐 대학까지 검정, 회색, 남색으로 살았다. '색깔이 뭐가 중요해. 실용적이면 되지.' 스스로를 설득했다. 엄마도 자주 검은색 옷을 사 주셨다. 오래 입을 수 있고, 무난하고, 살이 덜 쪄 보인다는 이유였다. 안전한 선택이었다. 하지만 가끔 지나가는 사람의 밝은 옷을 보면 시선이 머물렀다.

스물다섯 무렵, 언니와 백화점에 지갑을 사러 갔다. 언니는 사회생활을 하면 보이는 것도 중요하다고 말했다. 평소 브랜드에 관심 없는 언니가 하는 말이라 설득력이 있었다. 여러 매장을 돌다 검은색 가죽 지갑을 발견했다. 겉은 검은 가죽이지만 지갑을 열면 연한 핑크 내피가 드러났다. 앞에는 작은 에펠탑과 동전 펜던트가 달려 있는 독특한 디자인이었다. 그때부터 다른 지갑은 눈에 들어오지 않았다. 가격표를 확인하는 순간, 언니와 나는 서로를 쳐다본 뒤 눈만 깜박거렸다. 예전이라면 고민 없이 바로 돌아섰을 금액이었다. 머리로는 아는데 발이 떨어지지 않았다. 자려고 누우면 자꾸 생각날 것 같았다. 눈을 질끈 감고 둘이 똑같은 지갑을 샀다. 매달 카드 명세서를 확인할 때마다 놀랐지만 후회는 없었다. 계산할 때마다 지갑을 꺼내는 게 행복했으니까. 처음으로 내 마음을 따라 고른 지갑이었다. 원하는 색을 선택할 수 있다는 게 이렇게 기분 좋은 일인지 그때 알았다.

남편과 연애 초반, 서른을 앞두고도 핑크를 좋아하는 게 유치해 보일까 봐 내 취향을 말하지 않았다. 하지만 남편은 곧 알아챘다. 첫 크리스마스에 핑크 폴라로이드를 선물 받았다. 얼마 전 직장 동료의 폴라로이드를 보고 예쁘다고 했던 말을 기억한 것이다. "좋아하는 것 같아서 골랐어." 누군가 내 취향을 알아주니 마음이 따뜻해졌다. 남편의 선물은 늘 핑크였다. 화사한 핫핑크 가방, 파스텔 핑크 운동화, 부드러운 연핑크 스웨터, 차분한 베이비핑크 가죽바인더… 남편 덕분에 나는 핑크 컬렉터가 되었다. 핑크에도 이렇게 많은 세계가 있었다니.

책상에 앉으면 핑크 키보드가 반긴다. 화장대에는 핑크 머리빗, 머리핀이 가지런히 놓여 있다. 수업에 갈 때도 가방을 열면 다양한 톤의 파우치와 펜이 나온다. 파스텔 핑크 블라우스를 입은 나를 보며 동료 선생님이 웃는다. "선생님 진짜 핑크 좋아하시나 봐요." 그제야 깨달았다. 나는 핑크로 둘러싸여 살고 있었다. 얼마 전 푸드 코트에서 주문한 음식을 들고 가는데 카운터 직원이 말을 걸었다. 중년의 여성 직원이 내 핑크 스웨터를 보며 연신 곱다고 하셨다. "요즘 다들 검은

색만 입잖아. 하루 종일 검은색만 보다 밝은 핑크색을 보니 내 기분이 다 화사해지네.” 모르는 사람에게 듣는 칭찬이 어색하면서도 기분이 좋았다. 핑크색 옷 한 벌이 누군가의 하루를 조금이라도 밝게 만들 수 있다니. 생각해 보지 못했던 일이었다.

옷장을 열면 핑크 카디건, 핑크 블라우스, 핑크 니트가 계절마다 조금씩 다른 톤으로 걸려 있다. 남편이 “역시 이번에도 핑크네.”라고 말하면 나는 웃으며 고개를 끄덕인다. 핑크로 가득한 내 물건 중 가장 애착이 가는 건 남편이 선물한 지갑이다. 커버는 어두운 핑크, 내피는 밝은 핑크, 옆에 달린 리본은 더 진한 핑크. 같은 듯 다른 세 가지 핑크가 한 지갑 안에 있다. 그래서인지 오래 써도 질리지 않는다. 이 지갑이 특별한 이유가 또 있다. 옆에 달린 키링 때문이다. 아이가 처음 쓴 편지를 키링으로 만들어 달았다. 지갑을 열 때마다 삐뚤빼뚤한 ‘엄마아빠 사랑해요’가 보인다. 나를 이해해 주는 남편의 마음도, 나를 엄마라 부르는 아이의 사랑도 모두 이 지갑 안에 있다.

어린 시절 내가 가질 수 없었던 핑크 가방, 스물다섯에 용기 내어 산 첫 지갑, 남편이 건넨 폴라로이드, 그리고 지금 손에 든 이것까지. 핑크는 단순한 색이 아니다. 나를 나답게 만드는 것이고, 일상의 작은 행복이다. 오늘 아침도 핑크 펜으로 메모를 하고 핑크 텀블러에 담긴 커피를 마시며 노트북을 켰다. 출근길, 가방에서 지갑을 꺼내며 아이의 키링을 봤다. 어린 시절 갖지 못했던 핑크 가방을 나는 이제 매일 메고 다닌다.

핑크는 내가 나로 살아간다는 작은 증명이다.

3장

좋아하는
마음으로
연결된 우리

같은 길을 걷는 사람이 있다는 건 생각보다 큰 힘이 된다. 꼭 같은 속도로 걷지 않아도, 앞서거나 뒤처져도 괜찮다. 서로의 리듬을 존중하며 나란히 걸을 수 있다면 그걸로 충분하다. 좋은 인연은 특별한 사건보다, 함께 걷는 시간 속에서 자란다.

세상을 살아가는 데 필요한 건 거창한 무언가가 아니다. 단 한 사람, 내 손을 잡아주고 "괜찮아"라고 말해 주는 사람이면 충분하다.

01

그린 위에서 맺어진 한 팀

김미연

9월 중순, 함부르크 날씨는 아침저녁으로 제법 쌀쌀했다. 비구름은 저 멀리 밀려오는 건지 밀려가는 건지, 당장 비를 뿌려도 아무렇지 않은 날씨였다. 함부르크 활켄슈타인 골프 클럽. 1906년 설립된 이 골프장은 독일 북부에서 가장 좋은 골프장이라고 명성이 나 있다. 유구한 역사를 자랑하듯 수령이 높은 소나무와 자작나무 등, 보통 골프장과는 달리 주변 풍경만으로도 관록이 느껴졌다. 초기 여자 골퍼들은 긴 치마에 구두를 신고 골프를 쳤다더니, 클럽하우스 한 벽을 차지한 골프 치는 여자 그림이 말로만 듣던 그 옛날 복장을 하고 있었다. 이 골프장에서 백 년 전에 골프를 쳤더라면 나도 저런 복장을 하고 있었겠구나, 상상했다.

독일 각지에서 속속 선수들이 모여들었다. 경기는 금요일부터 일요일까지지만 목요일 이른 아침의 골프장은 이미 활기가 넘쳤다. 경기를 위해 목요일은 선수들에게 연습 라운딩이 제공되었다. 팀별 유니폼을 맞춰 입고 연습경기 전 몸을 푸는 사람들이 퍼팅 그린, 벙커, 드라이빙 레인지까지 가득했다. 그들의 움직임 속에 설렘이 느껴졌다. 우리 팀도 정해진 시작 시각에 맞추어 몸을 풀고 1번 홀로 향했다. 골프 경력 40년 차인 우리 팀 최고 경력자는 처음 온 사람이라면 찾기 쉽지 않은 1번 홀로 우리를 안내했다. 블라인드 홀에서는 어떻게 전략을 가져가야 하는지 기억나는 대로 설명을 해 줬다.

올해로 골프 9년 차. 공식 전국 대회는 처음이다. 매치플레이로 예선을 이기고 올라와 함부르크 다른 골프장에서 전국 대회 경기를 해보긴 했지만, 그건 골프 크루즈를 운영하는 회사에서 지원하는 대회였다. 이번 대회는 30세 이상이 참여할 수 있는 공식적인 독일 전국 대회이다. 전국에서 선발된 16개 팀이 모였다. TV에서나 봤던 점수판이 가장 눈에 잘 띄는 곳에 설치되어 있고, 라이브로 경기 결과를 보여 준다. 각 골프클럽 이름 아래 참여하는 선수들 이름이 있다. KIM. 독일 이름들 사이에 익숙한 내 이름을 보니 뿌듯한 마음이 솟구쳤다.

첫째 딸이 두 살 때 독일로 이민을 왔다. '내 언어의 한계가 내 세계의 한계다.'라는 말이 있듯이 독일어를 하지 않고 여기서 살아남을 수는 없었다. 학생으로 왔다면, 1년이면 언어를 익힐 수 있었겠지만, 수업 시간에 아이를 돌봐 줄 학원을 찾아야 했다. 원하는 어학 코스는 적었고, 집중 코스를 다닐 수가 없었다. 겨우 이민자들에게 요구하는 어학 수준을 통과했는데 둘째 딸이 태어났다. 내가 하고 싶은 만큼 소통할 수는 없었지만, 적당히 살아졌다. 둘째 딸을 유치원에 보내고 나서야 하루에 몇 시간 나만의 시간이 생겼다. 처음 독일에 왔을 때 독일어를 배우고자 했던 뜨거웠던 욕구는 이미 익숙해진 독일 생활로 시들해졌다. 그래도 다음 어학 단계를 이어갔다. 독일에 와서 아이 키우며 어학원만 다니길 오래. '내가 학원 다니며 거기에 오는 외국인들만 만나자고 독일에 오지는 않았는데.' 하는 생각이 들었다. 교실에서만 쓰는 독일어가 아니라 실생활 독일어를 독일 사람들과 하며 살고 싶었다. "이제 어학원은 그만 다닐 거야." 선언했다. 나도 독일에서 내 삶을 영위하겠다는 생각이 불쑥 올라왔다.

그때쯤이었다. 아이가 혼자 통학할 수 있게 되니 반 토막이었지만 나를 위한 시간이 생겼다. 친구의 권유로 골프를 시작했다. 한국 친구와 다녔던 골프장에는 한국 사람도 많았고, 한국말만 쓰다 왔다. 그곳이 너무 멀어 집 근처 골프장으로 옮겨 오니 나 혼자였다. 회원들은 골프장 안에서 대부분 친절하다. 모르는 사람에게도 인사를 건네는 일이 흔한 독일이지만, 회원 간에는 인사만으로 끝나지 않을 때가 많았다. 처음 간 날, 못 보던 나를 알아봐 주며 언제부터 회원이었는지, 골프는 얼마나 쳤는지, 어디서 사는지 등을 물었다. 그동안 외국인과 독일어를 했는데 골프장에 오니 독일 사람과 독일어로 대화하는 상황이 펼쳐졌다. 전혀 모르는 사람과 라운딩하는 일도 생겼다. 독일어를 하려고 골프를 시작하지는 않았지만, 골프를 치면서 하게 되는 독일어가 어학원에서보다 훨씬 많았다.

첫날부터 골프 매력에 푹 빠졌다. 공이 붕 떠서 멀리 날아가는 궤적만 봐도 스트레스가 한 번에 날아가는 듯했다. 그렇게 3년을 혼자 열심히 다녔다. 탁구나 테니스처럼 상대가 있어야 하는 운동이 아니라 얼마나 다행인지. 혼자 하다가 너무 심심해 경기에 참여했다. 명랑 골프는 그대로도 좋지만, 경기 중 팽팽해지는 긴장감이 재미를 더했다. 한 타 잃는 게 뭐가 그리 아쉬워 조마조마한 마음에 몸이 경직되기도 한다. 50센티미터 거리의 퍼팅을 놓치는 일도 종종 생긴다. '이 나이에 이까짓 게 뭐라고 이렇게 긴장할 일이야?' 그런 생각이 들면 허탈해지면서도 그 긴장감을 즐긴다. 매주 나이별, 성별, 시간대별 원하면 일주일에 서너 번은 경기에 참여할 수 있는 프로그램이 있다. 생활체육으로 독일의 골프 시스템은 훌륭하다. 잘하면 골프장 대표로 경기에 참여할 수 있다는 사실을 알게 된 순간, 바로 목표가 설정됐다. 같은 골프장에서 몇 년을 쳐도 매일 새로웠지만, 수준급 실력자와 다른 골프장을 경험할 수 있다는 말이 매력적으로 다가왔다. 골프장에서는 골프를 잘하면 다들 좋아한다. 내가 잘하면 세안이 들어올 거로 생각해 열심히 경기에 참여해 핸디캡을 줄여 나갔다. 그렇게 골프장 대표로 경기에 참여하길 3년째, 작년에 2부리그에서 1부 리그로 올라간 우리 팀이 주 대회를 거쳐 처음으로 올해 전국 대회에 나갔다.

공식적인 전국 대회는 만만치 않았다. 역사와 명성이 있는 만큼이나 그린은 엄청 빨랐고 핀 위치는 최고의 난도를 자랑했다. 드라이브는 쇼이고, 퍼팅은 돈이라는 어떤 프로 골퍼의 말이 생각났다. 먼 거리는 제법 했는데, 아! 퍼팅. 세 번은 기본이고 네 번을 한 홀도 있었다. 게다가 같은 벙커에 들어간 두 개 공을 서로 바꿔 쳐 벌타까지 2개를 받았다. 이제까지 겪어보지 못한 혼란. 점수판에 붙어 있는, 이곳에서는 흔하지 않은 한국 이름 KIM 옆에 오늘의 결과 104가 붙었다. 쥐구멍이라도 찾아 숨고 싶었다. 다들 싱글 핸디캡이니 꼴찌만 면하자는 생각은 있었지만 104는 내가 원하는 숫자가 절대 아니었다. 경기가 끝나고 제일 먼저 찾은 것은 나보다 더 못 한 사람이 있는지였다. 아니나 다를까, 내가 꼴등이 아니다. 104보다 많은 숫자가 여럿 보였다. 얼마나 다행이던지. 싱글을 넘어 마이너스 핸디캡인데 한 홀에서 12개를 친 사람도 있었다. 전국 대회의 난이도는 역시 다르다.

경기할 때는 이대로를 즐기자고 여러 번 생각했지만 참담한 심정이었다. 경기를 마치고 나오니, 구름으로 가득했던 하늘이 햇살로 환해졌다. 오늘 경기는 이미 끝났다. 내일을 대비해야 할 때이고, 이렇게 좋은 곳에 와서 경기에 참여했다는 사실만으로도 감사할 일이었다. 18번 홀 그린 주변으로 편안한 의자가 놓여 있었다. 팀별로 둘러앉아 18번 홀로 들어오는 사람들을 함께 응원했다. 멋진 샷에는 갤러리가 되어 힘껏 손뼉 쳐 주고, 들어가면 사람 머리도 보이지 않는 깊은 벙커로 공이 미끄러지면 탄식이 나오기도 했다. 그 와중에 언더파를 기록한 사람도 있었고 117타 성적을 받은 사람도 있었다.

처음 팀에 들어올 때만 해도 어색하기 짝이 없던 팀원들과 3년이라는 세월을 거쳐, 4박 5일 큰 대회를 마치고 나니 한 팀으로 거듭났다. 4일 내내 같은 색깔로 유니폼을 맞춰 입고, 점수판 아래서 다양한 자세로 기념사진을 찍었다. 마치고 나오면 서로 하이 파이브를 하며 응원해 주는 한 팀. 친구의 권유로 시작한 골프가 명랑 골프에만 그치지 않고 점점 가지를 뻗어 나가고 있다. 시간이 쌓이는 만큼 그들과 유대감도 쌓인다. 이번 대회에서는 팀에 큰 역할을 못 했지만, 내 골프는 여전히 진행 중이다.

명랑 골프에만 만족하고 핸디캡을 줄여 나가지 않았다면 절대 할 수 없었을 경험들이 쌓이고 있다. 한계를 스스로 정하지 않고 목표를 설정하니 상상해 보지 못했던 상황이 내 앞에 펼쳐진다. 내가 안다고 생각했던 세상이 다가 아니었다. 관심 분야가 있다면 주변 언저리에서만 맴돌 것이 아니라 한 발 깊숙이 담가 볼 일이다. 의식적으로 뻗은 그 한 발이 계기가 되어 새로운 세상을 만날 기회가 될 수 있다.

길게 뻗은 소나무 사이로 비추는 햇살과 선선한 바람이 얼굴을 간지럽힌다. 그 순간들이 소중한 기억으로 쌓여 삶의 여백마다 기분 좋은 미소로 떠오를 것 같다.

02

다시 시작된 봄

김은주

"언니, 좋은 사람 있는데 한 번 만나 볼래요? 언니랑 상황이 비슷한 분이 있는데. 잘 어울릴 것 같아서요." 보혜의 말에 나는 냉큼 그러자고 했다. 잘되면 좋고 아니어도 좋은 사람 하나 알았다고 생각하면 그뿐이라는 단순한 생각으로. 전화번호를 건네받고서야 "와~ 소개팅이라고. 이 나이에, 이 상황에? 은주야 용감함도 적당히 해야지." 후회했지만 이미 벌어진 일. 다음 날 오전 상대방이 카톡을 보내왔다. "통화 가능한 시간 알려 주시면 전화드릴까 합니다. 답변 주시면 감사하겠습니다." 사무적인 어감이었지만 조심스러워하는 모습에 궁금증이 생겼다. 얼굴도 보지 못한 상황에서 이어진 한 시간의 통화. 자신에 대해 가감 없이 말하는 그의 말에 귀가 쫑긋 섰다. 상대도 내가 마음에 들었는지 목소리에 다정

143

함이 묻어난다. 전화를 끊고 머릿속이 아득해졌다. 이게 맞
는 행동일까? 상처가 있는 마흔이 넘은 여자. 사람들이 보는
내 겉모습이다.

첫 만남에 그도, 그리고 나도 긴장과 설렘을 잔뜩 안고 만
났다. 어떤 음식을 좋아하느냔 질문에 "초밥 좋아해요."라고
말했다. 그걸 기억하고 점심을 스시 오마카세로 예약했단다.
솔직히 그의 배려가 내 신경세포 하나하나 간질간질하게 만
들었다. 하지만 먹는 거에 진심인 내가 스시 오마카세는 처
음이라 음식에 대한 기대가 더 컸다. 나오는 음식마다 감탄
의 연속이었다. 초밥이 혀끝에 감기며 입안에서 씹는 즐거움
을 느낀 후 목구멍을 타고 넘어갈 때까지. 어느 것 하나 나무
랄 데 없는 식사였다. 나의 표정과 몸짓에서 감추지 못한 만
족감이 흘러넘쳤다. 그도 맛있게 먹는 내 모습을 보며 웃음
을 감추지 못했다. 식사 후 주변에 예쁜 카페를 알아 두었다
고 안내하는 그가 듬직해 보였다. 데이트 코스를 짜느라 고
민이 많았다는 그의 말에 몽글몽글해지는 내 맘. 미술 전시
회를 좋아하는 나를 배려해 〈한강 뮤지엄 박물관〉도 데이트
코스에 넣은 그. 한강이 보이는 곳에 놓인 작품들은 탁 트인

배경만큼 시원시원한 느낌으로 다가왔다. 무엇보다 미술 전시회를 본 후 나눴던 대화가 기억에 남는다. 북한강 산책을 하며 서로 아쉬워하는 게 느껴졌다. 용기를 내어 "주환 씨, 저녁 먹고 갈래요?" 묻자 "그러면 좋죠. 은주 씨, 뭐 드시고 싶으세요?" 첫 데이트에 종일 솔직한 대화가 이어졌다. 우린 그렇게 서로에게 봄으로 다가섰다.

매일 카톡을 하고 통화를 하며 서로를 알아갔다. 서울에 사는 그와 남양주에 사는 나는 물리적 거리가 있다. 그럼에도 그는 매번 남양주로 나를 만나러 왔다. 내가 보고 싶어 딸기청 핑계로 명분을 만들어 달려오는 그의 행동이 귀여웠다. 집 앞 봉 카페에서 그와 대화를 나누다 동생에게 전화가 와서 한참 통화를 했다. 전화를 끊고 바라본 그의 얼굴이 어두웠다. "은주 씨, 사람 앞에 두고 그렇게 오래 통화를 하는 건 너무 배려 없는 거 아닌가요?" 순간 얼굴이 화끈거렸다. "주환 씨, 죄송해요. 동생이 요즘 힘들어해서 전화를 받은 건데, 제가 생각이 짧았어요. 미안해요. 멀리서 오셨는데." 거듭 사과했다. 그는 나중에 말했다. 이 순간에 나에게 반했다고. '자기 잘못을 인정하고 사과할 줄 아는 현명한 사람이네. 이 여

자 좋은 여자구나. 놓칠 수 없어.'라고 다짐했다고. 솔직히 그
의 첫인상은 무서웠다. 180이 넘는 키에 덩치도 있고 검은 얼
굴에 무표정한 얼굴은 불곰처럼 보였다. 내가 이 사람을 보
며 웃고 이야기할 수 있을까? 싶었다. 하지만 다정한 말투와
세심한 배려에 젖어 들고 말았다. 대화를 좋아하는 둘의 성
향이 맞았기에 가능했던 건지도 모른다.

서로의 상황에 대해 솔직하게 말한 덕분에 밀당은 하지도
않았다. 그의 고백에 망설였던 건 상처받고 싶지 않은 마음
이 컸기 때문이다. 서로가 한 번의 아픔이 있었기에. 부지불
식간에 일어난 배신에 나는 정신적 육체적으로 망가졌다. 회
복하기 위해 끝없이 질문을 던지고 새로운 일에 도전하며 나
를 일으켜 세웠다. 겨우 홀로움(환해진 외로움)을 이해하고
나에게 집중하는 일상을 그려가고 있었는데, 다시 누군가에
게 기대도 괜찮을까? 다시 사랑을 해도 될까? 현실적인 문
제들이 앞을 가로막는다. "은주 씨 마음이 괜찮아질 때까지
기다릴 수 있어요. 그러니 천천히 오세요. 언제나 옆에서 지
켜 줄게요. 내 마음은 변하지 않을 거예요." 그의 말에 용기
가 났다. "주환 씨, 서로 배려하고 소통하면서 함께 가 봐요."

상처를 딛고 마흔 넘은 나이에 여자의 삶을 다시 꿈꾸게 됐다. '혼자 살지. 뭐 하러 귀찮게 또 남자를 만나? 그렇게 당하고도 남자를 또 만나고 싶나?' 비난의 말들과 시선이 따갑다. 하지만 나는 한 인간으로서도, 한 여자로서도 사랑을 하고 싶다. 또 상처받는다고 해도 말이다. 제일 어려운 일은 가족들에게 말하는 거였다. '나 남자 친구 생겼어.' 엄마와 여동생은 나의 여린 심성을 알기에 걱정이 태산처럼 크다. 그런 가족에게 말하려니 죄책감마저 들었다.

홀로서기를 시작한 후 걱정이 더 많아진 엄마는 매일 전화하며 나의 일상을 챙겼다. 나는 숨기는 게 없이 매일의 삶을 이야기한다. 엄마는 내가 하는 일, 취미, 모임 등에 대해 모르는 게 없다. 그런 내게 인연이 생겼으니 숨기지 못했다. 아니 숨기고 싶지 않았다. 거짓말을 하거나 말을 안 하는걸 못한다. 그래서 가족들과의 대화는 항상 비밀이 없다. 역시 엄마는 걱정의 말을 쏟아내셨다. "어떤 사람인데? 세상에 나쁜 놈이 얼마나 많은 줄 아니? 너는…." 한숨이 전화기 너머로 진하게 느껴졌다. 혼자 된 지 얼마나 되었다고 연애인가? 여동생도 마찬가지였다. "언니는 너무 사람을 믿어. 그러고 헤어지면 또 많이 아파할 거면서. 혼자 있는 게 더 편하지 않겠어?" 연애는 해도 재혼은 신중해야 한다는 말을 덧붙이는 가족들. 사람에게 받은 깊은 상처로 슬픔에 허우적대던 게 불과 얼마 전 내 모습이다. 회복에 걸리는 시간은 얼마만큼일까? 마음을 다시 내어주는 일에 적당한 때가 있을까? 수많은 사람이 각자의 빛깔과 속도로 살아간다. 남들만큼, 혹은 보통이라는 개념이 존재하긴 할까? 철학적 질문으로 파고들며 나를 벼랑 끝까지 몰아붙였다. 친화력 있는 사람이 되고 싶어 새로운 사람들과의 어색한 순간들을 견뎠다. 눈을 보며 대화하는 것조차 안 되던 내가 대화를 주도하기도 한다. 이젠 나를 믿고 앞으로 나아가도 되지 않을까?

청춘의 연애는 신선함과 설렘의 연속이다. 반면 어른의 연애는 서로를 좋은 방향으로 성장시키는 동력이 된다. 청년도 노년도 아닌 남자 여자가 서로의 상처를 보듬어 주고 사랑이라는 길을 걷기로 약속했다. 과거 우리가 타인과의 관계 속에서 저질렀던 잘못된 말과 행동들을 고치려고 노력하면서. 같은 실수로 생채기를 내는 어리석은 행동은 하고 싶지 않다. 둘 다 그런 마음으로 노력하니 싸워도 그 자리에서 화

해한다. 미안하다는 말을 먼저 한다고 지는 게 아니란 걸 깨
달았기 때문이다. 대화를 좋아하는 서로에게 반해 만나고 있
지만 서로가 이상형은 아니다. 이상형이 아니면 어떠랴? 밤
새 다양한 주제로 이야기할 수 있는 장점을 크게 보면 된다.
취향이 같으면 공유할 수 있어서 좋고, 다르면 존중하며 가
면 된다. 두려워하지 않고 손을 내민 그와 그 손을 잡은 나.
혼자만의 다락방에서 내려와 새로움 가득한 마당에 나를 던
졌던 시간이었다. 낯설고 어색했던 시간 속 애벌레가 나비가
되어 좋은 인연들 사이로 날갯짓하기 시작했다.

03

레게머리 여자가 카오산에서 만난 사람들

김재원

카오산로드의 하늘은 회색이었다. 먹구름으로 가득한 태국의 여름 한가운데, 우기의 기운이 갈수록 짙어지고 있었다.

혼자 다니는 배낭여행은 이미 익숙해졌다. 청춘의 방황 속에서 나를 찾기 위해 길 위에서 헤맨 지 어느덧 1년 반이라는 시간이 흘렀다. 세계 일주라는 거창한 버킷리스트를 실행하는 동안 몇 번은 죽을 뻔했고, 여러 번 도둑질과 강도를 당했다. 그동안 나는 수줍음 많던 스물셋 소녀에서, 잔다르크가 되어 있었다.

방랑하는 자유로운 영혼들의 집합소로 유명한 카오산로드에서, 성지라 불리는 한 게스트하우스에 묵고 있을 때였다. 낮에는 김치말이 국수가 유난히 맛있는 식당이 되었다가, 밤이 되면 클럽으로 변해 연일 젊은이들로 붐비는 곳이었다. 어느 날 나는 숙소 식당에서 저녁을 먹다가, 우연히 인사를 나누게 된 한국 여행자들과 맥주 한잔을 했다. 새까맣게 탄 피부에 긴 레게머리, 이집트 옷을 입고 항상 혼자 다니던 나를 보며 그들은 내가 한국인인지 궁금해했었다고 했다. 그 뒤로 나의 카오산 생활은 이들과 함께였다. 우리는 길거리에서 팟타이를 먹고, 단골집에서 타이마사지를 받고, 빨래를 맡기고 찾아오기를 반복했다. 일주일이 지났을 무렵, 일행 중 한 언니와 나는 앙코르와트를 보러 캄보디아로 떠나기로 했다. 언니는 밤새 타는 버스이기도 하고 위험한 국경도 넘어야 하니 동행을 더 구하자고 했다. 나는 별로 내키지 않았지만, 언니는 게스트하우스 일 중 게시판에 동행을 구하는 쪽지를 남겼다. 그곳에는 우리 것 말고도 많은 쪽지가 붙어있었다. 그리고 다음 날, 언니가 말했다. 쪽지 아래에 누가 글을 쓰고 갔다고.

해도 뜨지 않은 이른 새벽이었다. 졸린 눈을 비비며 굳이 배웅까지 나온 숙소 식구들과 아쉬움 섞인 포옹을 하고, 택시를 타러 문을 나섰다. 게스트하우스 앞에 서 있던 한국 남자 두 명이 우리에게 꾸벅하고 인사했다. 두 사람은 모델 같은 키에 선글라스를 쓴 날티 나는 외모였다. 인상이 강했던 한 명의 팔뚝에는 커다란 문신이 있었다. 선글라스 너머로 보이는 그들의 표정은 차갑고 냉소적이어서 나는 조금 위축되는 기분이 들었다. 어색함과 불편함을 함께 삼키며 인사를 나눈 뒤, 서먹한 채로 국경을 넘는 버스를 타러 이동했다. 야간버스는 불편했지만, 긴 밤을 가야 하니 평소처럼 배낭을 안고 잠을 청했다.

국경으로 향하던 중, 깜깜하고 외진 시골길에 갑자기 버스가 섰다. 고장이 난 것이다. 정차를 한 채로 한참을 기다리며 겁이 나기 시작했고, 납치당하는 망상의 시나리오를 써 내려갔다. 어쨌거나 동행을 구해서 함께 오길 잘했다고 생각하던 순간, 다행히 다른 버스가 와 모두를 태워 무사히 국경에 내려주었다.

그러나 우리의 사건은 거기서 그치지 않았다. 태국에서 캄보디아로 넘어가는 국경을 통과하는 중 벌어진 일이었다. 이민국 직원이 공식적인 입국 수수료 외에 한 명당 현금으로 20달러를 더 내라고 한 것이다. 잘산다는 한국과 몇몇 나라 사람들에게만 더 받아 챙기는 불공정한 통행료였다. 그동안 여행하며 국경을 넘은 적이 몇 번인데, 나에게 이런 수법이 통할 리 없었다. 이민국 직원들에게 당신들의 사진을 찍어서 정부에 신고할 거라고 강하게 항의했다. 웬 쪼그마한 여자애가 큰 소리를 내니 이목이 집중되었고, 일행들은 나에게서 한 걸음 떨어져 상황을 지켜보고 있었다. 직원들이 하나둘씩 모이기 시작했고 분위기는 험악해져 갔다. 이번에는 정말 어딘가에 끌려가지 않을까 생각하고 있었는데, 의논하던 이민국 직원들은 우리 일행에게만 공식적인 금액을 받고 처리해 주기로 했다. 그제야 일행들이 눈에 들어온 나는 왠지 민망해졌다. 유난스럽다는 말을 들을까 봐 머뭇거리며 다가가 상황을 전했다. 그러자 그들은 차갑게 쳐다보던 표정을 풀며, 언제 그랬냐는 듯 친근한 말투로 잘했다는 칭찬을 건네왔다.

도착 후, 숙소 몇 군데를 돌다가 저렴한 게스트하우스를 찾아 방에 짐을 풀고 나서야 서로를 소개할 수 있었다. 그들은 무서운 인상과 다르게 영화관과 마트 아르바이트에서 모은 돈으로 배낭여행을 온 평범한 대학생들이었다. 그리고 빨간 두건을 쓴 사람의 팔뚝에 있는 문신은 카오산로드에서 그린 헤나여서 일주일이면 지워진다고 했다. 그리고 자기는 아무한테나 말을 놓으라고 하지 않는데 나에게만 특별히 놓게

해 주겠다며, 아까 국경에서 멋있었다고 '형'이라 부르라고 덧붙였다.

　우리 넷은 트라이시클을 흥정해 앙코르와트를 구경하고, 삼시세끼를 함께 먹었다. 4박 5일은 빠르게 지나갔다. 일행 세 명은 귀국을 위해 다시 태국으로 돌아갈 예정이었고, 나는 베트남으로 넘어가 몇 개월 더 남은 여행을 이어가야 했다. 매일 저녁 맥주를 기울이며 이야기를 나누다 보니 어느새 정이 들었나 보다. 헤어짐을 앞두니 아쉬움이 밀려왔다. 배낭여행을 하며 수없이 겪었지만, 박힌 돌보다 빠진 돌이 더 아픈 법이라 이별은 도무지 적응되지 않았다. 먼저 떠나는 그들을 배웅하고 돌아오는데 눈물이 날 것 같았다. 간신히 참고 있었을 때, 형은 가다 말고 다시 뛰어와 내 머리를 쓰다듬으며 "메일 보낼게"라고 했다. 카오산에서 떠날 때, 형은 고작 며칠 친하게 지냈다는 사람들이 부둥켜안고 인사하는 걸 보며 유난이라 생각했었다고 했다. 그래서 처음 만났을 때 그렇게 차가운 표정이었다고. 그런 사람치고는, 아쉬움이 묻어나는 목소리였다. 연락한다는 사람치고 하는 사람 없더라고 대답하며 그냥 안전하게 국경 잘 넘어가고 한국 잘

가라고 말했다. 그렇게 섭섭함을 들키지 않고 배웅을 마쳤
고, 다시는 볼 수 없을 거라 생각했다.

그러나 헤어지고 몇 개월 후, 자칭 '형'이라는 사람은 정말
로 메일을 보내왔다. 그리고 우리는 아주 오랜만에 강남역에
서 다시 만났다. 그는 고시생이어서 고루한 뿔테안경을 쓰고
있었고 나는 얼굴에 분칠하는 직장인이었지만, 우리에게 겉
모습은 하나도 중요하지 않았다. 여전히 배낭여행에서 만났
던 영혼을 가지고 있다는 것을 한눈에 알아볼 수 있었으니까.
그리고 그 후로 몇 년이 지날 때까지 한참 동안 그저 언제봐
도 편한 친구 사이로 지냈다. 서로의 연애를 지켜보고 이별을
위로하며, 좋은 사람을 소개해 주기 위해 애쓰기노 했다.

우리는 긴 인생을 살아가며 수많은 모습으로 바뀐다. 그리
고 그 속에서 만나는 인연이라는 건, 인생의 어떤 시점에서
의 서로를 만났었는지에 달려있다. 그래서 인연은 타이밍이
라고 생각한다.

내 생에 처음 생긴 '형'과의 만남은, 타이밍이 별로 좋지 않
았다. 검게 그을린 피부에 누더기를 입고, 야간버스에서 구

겨진 채 침 흘리며 자던 나의 모습. 우리의 인연은 그렇게 시작되었다. 사람들은 누군가를 처음 만날 때 겉모습의 몇 가지 특징과 짧은 행동으로 섣불리 판단하고, 성급하게 프레임을 씌운다. 카오산로드에서 만난 우리도 마찬가지였다.

나태주 시인은 「풀꽃」이라는 시에서 말했다. '오래 보아야 사랑스럽다'고. 하지만 오래 볼 시간이 주어지는 건, 너무도 어려운 일이다. 그런데 그 어려운 걸 우리가 해냈으니, 그것만으로도 운명이라 해야 하나. 시간이 지나, 그는 캄보디아에서 헤어질 때 내 머리를 쓰다듬으며 이상하게 평생 볼 것 같은 예감이 들었다고 고백했다.

몇 년 후, 나는 청첩장의 인사말을 이렇게 썼다.

'태국 방콕의 한 게스트 하우스에서, 레게머리를 땋은 여자와 빨간 두건을 쓴 남자가 만났습니다. 인연과 필연의 끈이 멀고 먼 길을 돌아 오늘이 되었습니다. 운명이라고 생각하지 않습니다. 운명은 만들어 가는 것이라고 생각합니다. 노력하며 살겠습니다. 지켜봐 주십시오.'

우리는 서로를 더 오래 보기 위해서, 그리고 예쁘게 보기 위해서, 그 약속을 지키며 살아가고 있다.

04

기억보다 오래 남는 것

박나영

 '개구리 자식은 개구리.' 자식은 부모를 닮는다는 일본 속담이다. 닮는 것이 비단 외모나 체질만일까. 부모와 자연스레 공유하는 것들―집안에 맴돌던 공기, 식탁 위에 자주 오르던 음식, 말투와 걸음걸이 같은 작은 습관들이 모두 아이에게 스며든다. 그래서 부모와 자식의 닮음은 단순한 유전이라기보다, 함께 보낸 시간의 결, 오래 쌓여 전해진 정서의 흔적에 가깝다. 나 역시 그렇다. 초등학교 시절 부모님의 이혼 후 결혼할 때까지 30년 가까운 세월을 아빠와 함께 살았다. 나의 탄생부터 가장 많은 시간을 함께한 어른은 결국 아빠다. 그래서인지 나이가 들수록 닮아가는 얼굴과 좋아하는 것들의 뿌리를 더듬어 보면 나라는 사람의 밑바탕에는 아빠의 색채가 짙게 배어 있음을 새삼 깨닫는다.

아빠는 언제나 단정하고 점잖았다. 어릴 때 아빠 엄마와 떠난 단체여행, 고속버스 안은 어른들의 노래자랑으로 떠들썩했고 나는 차멀미로 속이 뒤집히는 중이었다. 마이크가 돌고 돌아 우리 가족 차례가 되었을 때 아빠는 조용히 일어나 노래를 시작했다. "일 송정 푸른 솔이~" 아빠의 거룩한 '선구자'는 버스 안의 흥청거림과 내 메슥거림까지 순식간에 잠재웠다. 뽕짝 대신 가곡을 부르던 아빠의 모습은 어린 나에게 세상 모든 어른 중 가장 멋진 사람으로 보였다. 아빠는 화가 나더라도 목소리를 높이는 법이 없었고 차 안에는 클래식이 잔잔하게 흘렀다. 선생님과의 면담이나 시부모님과의 상견례 자리 등 격식이 필요한 순간에도 아빠는 언제나 세련되고 정중해서 괜스레 어깨가 으쓱해지곤 했다. 욕을 거침없이 내뱉는 사람이나 시끄러운 음악을 본능적으로 거부하는 것은 아빠의 조용한 분위기가 내 안에 스며 있기 때문일 거다.

하지만, 치매가 찾아오자 아빠는 그 오랜 점잖음을 내려놓고 전혀 다른 사람이 되어 버렸다. 뭔가 마음에 들지 않으면 화를 버럭 내고, 거침없이 욕도 한다. 의학적으로는 뇌 기능이 전반적으로 약화되어 성격이 달라진 것이라지만, 나는 지금을 아빠에게 허락된 '감정 해방기'라 부르기로 했다. 평생 억눌러 왔던 마음과 감추고 살았던 감정을 드러낼 수 있는 인생의 마지막 문틈 같은 시간.

　문득 어디선가 읽은 문장이 떠오른다. '취향은 기억의 다른 이름이다.' 기억은 흐릿해지지만, 사랑했던 것들은 쉽게 잊히지 않는 것일까. 아빠는 하루하루 기억을 잃어 가면서도 여전히 음악을 즐기고 사랑한다. 하루에도 몇 번씩 전원이 꺼진 전자 피아노 앞에서 고요한 연주회를 연다. 치매가 근육 기억까지 파괴하기에 아빠의 손가락은 더 이상 자유롭게 움직이지 못한다. 그저 피아노 건반 위에 손을 올려둘 뿐이지만, 자신에게만 들리는 멜로디에 맞춰 노래를 흥얼거린다. 그 모습은 슬프지만, 그 어느 때보다 평화롭다. 병이 더디게 진행되던 시절에는 하모니카를 자주 불었다. 손자·손녀들 앞에서 김광석도 울고 갈 솜씨로 다양한 곡을 끊임없이 연주했고, 박수 소리에 아이처럼 기뻐했다. 겸손과 체면의 굴레에서 벗어나자 아빠는 자랑쟁이 소년이 되었다. TV에 피아노를 치거나 노래하는 사람이 등장하면 "저놈보다 내가 잘해!"라며 샘을 내기도 하고, 여행 프로그램이 나오면 "내가 저기도 가보고, 저기서 살았고…. 전 세계 안 가본 데가 없지."라며 허풍을 떨기 시작한다. 사실 아빠의 해외여행은 I.M.F 시절 '명예퇴직'이라 쓰고 사실상 '권고사직' 당한 동료들과 회사에서 위로 차원으로 보내 준 '은퇴 기념 유럽 여행'이 전부였다. 처음엔 아빠의 황당무계한 허풍에 당황했지만, 문득 이런 생각이 들었다. 어쩌면 자랑과 허풍 속에 아빠가 평생 품었던 진짜 꿈이 숨어 있는 건 아닐까? 대학 시절 교회 성가대를 지휘할 만큼 음악을 좋아하고 즐겼던 아빠는 은행원이 아니라 세계 곳곳을 누비며 하모니카를 불고, 피아노를 치고, 노래를 하며 사람들의 박수와 환호를 받는 음악가를 꿈꿨을지도 모른다. 하지만 가족을 책임져야 했기에 꿈 대신 매일 아침부터 저녁까지 현실이라는 무거운 쳇바퀴에 올라야 했겠지. 정해진 틀을 힘들어하고 새로운 도전을 즐기는 나의 기질은 아빠에게서 온 것인지도 모르겠다. 아빠가 참고 포기했던 것들을 내가 대신 누리고 있는 것인지도.

어느 날 아빠가 속이 비어 있는 약상자를 쥐여 주며 속삭였다. "이거 요술 상자야. 여기서 맛있는 게 많이 나와. 가져가서 너만 먹어." 그 말이 두 번 가슴을 울렸다. 아빠의 치매가 사리 분별이 힘들 정도로 깊어진 듯해서 눈물이 났고, 아빠의 사랑이 고스란히 느껴져서 눈물이 났다. 세상에, 맛있는 것이 가득 든 요술 상자라니. 그보다 아름답고 기쁜 선물은 내 생에 받아 본 적 없고 앞으로도 없을 것이다. 쉰이 다 되어가는 동안 해외여행 한 번, 근사한 선물 하나, 애틋한 편지 한 장 드리지 못했다. 그런데 매일매일 아이가 되어 가는 아빠는 여전히 막내딸인 내게 무엇인가를 주고 싶어 한다. '나에겐 다정한 아빠가 있었다. 하지만 아빠에겐 다정한 딸이 없었다.' 드라마 〈폭싹 속았수다〉 속 금명이의 대사는 곧 내 이야기였다.

아빠와 단 한 번만이라도 정상적인 대화를 나눌 수 있다면 꼭 말하고 싶다. 동그란 얼굴, 훤한 이마, 웃을 때 초승달처럼 휘어지는 눈, 적당히 하얗고도 노란 피부, 잔잔한 음악과 강아지를 좋아하고, 조용하고 내향적인 극 I이지만 필요에 따라 외향적인 척할 줄 아는 사회성까지 나는 아빠를 참 많이 닮았고 그래서 참 좋다고. 모든 것이 감사하다고. '과거는 사라진 것이 아니라 맛이나 향기, 음악 같은 감각으로 다시 살아난다'라는 마르셀 프루스트의 말처럼 아빠의 기억이 모두 흩어진다 해도 내가 기억하고 몸으로 이어받은 아빠의 모습과 마음들은 절대로 사라지지 않을 것이다. 내가 아빠를 느끼는 한, 아빠의 존재는 언제든 다시 살아날 테니.

아빠는 오늘도 멍하게 허공을 바라본다. 누군가 보이는지 손을 흔들기도 하고 말을 건넨다. 이왕 누군가 보인다면 할아버지 할머니, 옛 친구 등 아빠가 그리워하는 이들이면 좋겠다. 아빠가 외롭지 않도록. 사람이 나이가 들면 기억 속에서 나빴던 장면들은 흐려지고 좋았던 기억들만 선명해지는 장밋빛 필터가 작동한다고 한다. 그 말이 정말이기를 진심으로 바란다. 아빠의 슬프고 아픈 기억은 모두 사라지고 아름답고 행복한 추억만 남아 아빠의 남은 나날이 크리스마스트리처럼 반짝이기를. 그리고 언젠가 우리를 알아보지 못하는 날이 오더라도 아빠가 충분히 사랑받고 사랑받을 자격이 있는 사람이라는 사실만은 끝내 잊지 않기를 오늘도 조용히 기도한다.

05

책이 하나의 문이 될 때

박서연

"언니, 인문학 살롱 들어갈래?" 인문학 살롱은 마음이 맞는 동네 엄마들의 책 읽는 모임이다. 여러 이유로 멈췄었는데 다시 시작한다고 했다. 모임 멤버였던 동생은 그사이 타지로 이사 갔고 나에게 대신 들어가는 게 어떻겠냐고 권했다. 긴 겨울방학을 사춘기 절정인 딸과 소란스럽게 보낼 때였다. 요동치는 감정과 거리를 둘 필요가 있었다. 가족과 잠시 떨어진 나만의 시간이 필요했다.

"들어가고 싶어. 얘기해 줘."

첫 모임은 2월의 마지막 주 수요일 오전 10시, 동네 카페에서 만나기로 했다. 오랫동안 살던 아파트 앞의 추억이 깃든 장소였다. 통나무로 지은 오두막 같은 카페 앞에 섰다. 아직

봄이 오지 않은 그곳의 풍경은 앙상했다. 눈으로 천천히 주변을 둘러봤다. 마른 나무와 녹진한 낙엽 향이 차가운 공기 사이로 퍼졌다. 익숙한 겨울의 냄새였다. 변한 건 없었다. 가족과 함께 오던 곳에 나 혼자 서 있다는 것 말고는.

입구에 서자, 심장이 콩닥콩닥 뛰었다. 오랜만에 느껴보는 기대와 긴장이 섞인 두근거림이었다. 멤버는 나를 포함해 다섯 명(지금은 여섯 명)이다. 인혜와 가주 회원은 같은 아파트에 살아 눈인사 정도 하는 사이였다. 모임에서 읽은 책을 따로 읽어 내적 친밀감을 품고 있었지만, 이야기를 나눈 적은 없었다. 어색하면 어쩌나 걱정했다. 하지만 평균 나이 마흔다섯 살 이상, 또래의 아이를 키우고 있는 주부들이라면 이야깃거리가 부족할 리 없다. 갱년기와 사춘기의 터널을 지나고 있는 공통점 덕분에, 몇 마디만 나눴을 뿐인데도 금세 유대감이 생겼다. 나긋나긋하고 차분한 말투로 감정과 생각을 표현하는 그녀들의 분위기에 자연스레 빠져들었다. 근황을 나누다 대화는 어느새 책 이야기로 흘러갔다.

함께 읽은 첫 책은 욘 포세의 『아침 그리고 저녁』이었다. 주인공 요한네스의 탄생과 죽음을 따라가는 이야기다. 각자

평점을 말하고 인상 깊은 문장을 낭독했는데 "사람은 가고 사물은 남는다."는 문장이 아직도 마음에 남는다. 윤미 회원이 갑작스레 영면하신 친정어머니 이야기를 꺼냈다. 가격표가 달린 채로 옷걸이에 걸려 있던 원피스를 끝내 입지 못하셨다고 했다. 유품을 정리하며 느낀 감정과 그리움이 전해져 모두의 눈시울이 붉어졌다. 죽음은 모든 사람에게 공평하게 주어지는 결말인데, 그 사실을 알면서도 영원히 살 것처럼 생각해 본 적 없었다. 순서도, 예고도 없는데 그저 나와는 먼 이야기라고 여겼다. 책을 읽고 생각을 나누면서 마음을 깨우는 물음들이 생겼다.

혼자 책을 읽을 때는 제목이나 표지가 눈에 띄거나 예쁜, 편하게 고를 수 있는 베스트셀러에서 선택했다. 모임에서는 회장을 맡고 있는 인혜 회원이 고심해서 고르고 의견을 물어본다. 미술, 과학, 인문, 수필, 소설 등 다양한 장르의 책을 읽는 재미가 있다. 소설을 읽으면 주인공이 되어보기도 하고 관찰자가 되어 보기도 한다. 몰입했던 어떤 날은 다짜고짜 남편을 붙잡고 "이해가 되냐고?" 따지기도 했다. 몰랐던 작가를 알게 되는 기쁨도 있다. 가슴에 품고 있지만 아직 가보지 않은 프랑스 파리를 작가의 문장을 따라 다녀왔다. 머리카락 사이로 바람을 느끼고 바게트를 뜨으며 골목을 누비는 상상, 정말 파리에 다녀온 것처럼 생생했다.

농도 짙은 감성집합체인 그녀들 앞에서는 들풀과 구름, 그림, 책 속 구절 등 마음에 닿는 것들을 표현하고 경탄하는 것이 부끄럽지 않다. 아름다운 걸 아름답다고 말하는 게 왜 부끄럽다고 여겼을까. 나를 드러내는 일에 괜히 조심스러웠던 것 같다. 남들 앞에서 오그라들어 말 못 하는 것들을 '우리끼리'는 마음껏 하자고 유진 회원이 말했다.

눈으로만 소모되는 게 싫어서 한 줄 한 줄 아껴 읽은 책이 다른 회원에게는 닿지 않을 때도 있고 반대일 때도 있다. 각자가 지나온 시간과 품고 있는 가치관에 따라 서로 다른 생각을 갖게 마련이다. 이야기를 듣다 보면, 다름은 틀림이 아닌 고유함이라는 걸 자연스럽게 알게 된다.

올해 최고의 책으로 꼽았던 클레어 키건의 『이처럼 사소한 것들』이 영화로 만들어져 함께 관람했다. 편견 없는 사랑과 사소하지 않은 용기 앞에 마음이 먹먹해져 상영관을 나왔다. 아래층 식당에서 송년회를 하기로 했다. 노란 조명이 비추는 테이블에 각자 준비해 온 선물이 놓였다. 조금 전까지 울먹이던 눈빛은 선물을 보자 반짝이기 시작했다. 가위바위보로 선물쟁탈전을 한바탕 치렀다. 조용하고 우아한 그녀들 모습만 봐 왔는데 불타는 승부욕에 웃음이 터졌다. 와인 한 병을 주문하고 잔을 채웠다. 1년간 함께한 시간과 다가올 한 해, 각자의 세계를 응원하면서 건배했다. 40대 후반에서 50대 초반, 인생 중반부를 지나고 있지만 우리에게 나이는 숫자에 불과했다. 겨우 한 잔씩 나눠 마셨지만 빨갛게 상기된 얼굴로 희망적인 미래를 말하고 구체적으로 그리고 있었으니까.

"정말로 좋은 이유가 없다면 절대로 모험을 거절하지 말자." 이번 모험은 두 손으로 덥석 받을 많은 이유가 있었다. 마치 책이 하나의 문이 된 듯했다. 사람들이 책을 통해 들어와 내 삶에 발을 들이고 나를 그들의 삶으로 이끈다.

오랜 시간 아내로, 엄마로 살며 뭘 좋아하고 싫어하는지 잊고 지냈다. 심지어 어떤 삶을 살고 싶은지조차 외면한 채 살아왔다. 이대로 괜찮지 않았지만 조급하지 않기로 했다. 완벽하지 않아도, 조금 헐거워도 천천히 나를 알아 가기로 했다.

마음을 열어준 건, 책으로 이어진 '인문학 살롱'이다. 1년 전부터 가주회원이 이끄는 글쓰기 공부를 시작했다. 일주일에 두 번 온라인에서 만나 읽고 쓰면서 배움을 키워 간다. 일기 쓰기와 블로그 기록을 시작하고 100일 글쓰기 챌린지에 도전했다. 아픈 날에도 여행 중에도 꾸역꾸역 쓰면서 작은 성취감이 쌓였고 그 성취감은 생각보다 큰 용기로 자라났다. 올 3월에 10명의 작가들과 『마흔, 여자의 공간』 에세이 책을 출간했다. 상상도 하지 않았던 일이었다. 의심했지만 이제는 안다. 무엇이든 시작하면 그 방향으로 조금씩 나아간다는 것을.

희미한 빛을 따라 걷다 보니 잊힌 나를 향한 문 앞에 서 있었다. 혼자였다면 망설였을 그 문을, 함께였기에 용기 내어 열었다. 그 빛이 이끄는 곳이 어디인지, 찾는 길이 맞는지 아직은 알지 못한다. 하지만 함께라면 또 다른 문 앞에서도 두려움 없이 문을 열 수 있을 것 같다.

생일에 미리 주문한 케이크를 안겨 주고, 만날 때마다 제철 꽃을 선물해 준다. 햇살이 좋으니 산책하라고 길에서 만난 들풀의 이름과 사진을 보내 준다. 전시 보러 가자고, 같이 글 쓰자고, 할 수 있다고 힘을 실어 준다. 책은 마음을 열게

했고 결이 맞는 사람들과의 인연은 마음을 자라게 했다. 따
스한 그녀들과 함께하는 시간은 잔잔하고 단단하게 쌓여 삶
의 깊은 곳까지 서로를 이끈다.

06

그녀를 지키다

신유진

글쓰기 수업에서 J를 알게 되었다. 톡방에서 글감을 받고 글을 써 카페에 제출하는 방식이었다. J의 글을 관심 있게 읽었다. 왜 그녀에게 호기심이 있었을까. 기억나지 않지만, 설명할 수 없는 끌림이 있었다. '저 사람 나하고 잘 맞을 거야'라는 확신. 그런 것이 있었다.

"아름다운 J님이 아직 안 들어오셨으니, 우리 조금 기다립시다."

톡으로만 소통하다 줌 프로그램으로 수업하는 서평 반에 들어갔다. 첫 수업 날이었다. 작가님은 그녀를 부를 때 '아름다운'이라는 수식어를 붙였다. 어떤 의미로 아름답다고 말한 건지. 모습이 아름답다는 건지. 아니면 내면이 아름답다는 건지. 아름답다고 대놓고 편애하시니 샘이 나긴 했지만, 나는 J가 아름답다는 것을 이미 알고 있었다. 알고리즘에 의해, 그녀의 인스타가 추천되었다. 처음엔 J인 줄 몰랐다. 꾸미지 않은 사진과 글이 예뻤다. 아이들이 읽은 그림책, 아이들의 글과 그림, 짬짬이 자신을 위해 읽은 책. 편안해서 오래 구경했다. 나도 이렇게 아이를 키웠다면 좋았을 텐데. 반성과 함께 이런 여유 있는 마음을 가진 사람은 어떤 사람일까 궁금했다. 프로필에 링크된 블로그로 들어가 글을 읽고 나서야, 함께 글공부하는 J라는 것을 알아챘다. 드디어 J의 줌화면이 켜졌다. 화면 속 그녀는 볼륨이 빵빵한 커트 머리를 하고 있었고, 어린 아들이 옆에 있었다. 그날은 마침 모리스 샌닥의 그림책『괴물들이 사는 나라』를 합평하는 닐이있다. 임마와 함께 차분히 수업을 듣는 아이, 그 모습은 아름답다고 말한 작가님의 말을 증명하는 것 같았다. 그렇게 일주일에 한 번 책을 읽고 서평을 나누며 화면으로 만났다. 1년 정도 지났으려나, 새로운 달 J는 수업을 등록하지 않았다. 나는 몇 달 더 참여했다. 그녀의 소식이 궁금했다. 그러던 차에 그녀가 블로그에 쓴 미술책 북클럽 모집 글을 보았다.

"할머니가 되어서도 미술관 나들이를 즐기실 분 환영합니다."

며칠을 망설이다 모집 기한이 끝나는 날 수줍게 댓글을 달았다.

'저는 그림에 대해 전혀 모릅니다. 하지만, 도서관에 가면 꼭 미술 관련 책을 한 권씩은 껴서 빌려 옵니다. 할머니가 되어서도 미술관 나들이를 하며 사는 모습은 저의 꿈입니다.'

돌이켜보면 그 순간, 내 인생의 전환점이었다. 결혼, 출산은 흘러가는 시간에 맡겨 대부분의 사람과 비슷하게 겪는 전환점이었다면 북클럽 신청은 특별한 선택이었다. 그녀에 대한 호감이 없었다면 가지 않았을 방향이었다. 북클럽은 톡방에서 소통했다. 정해진 책을 읽고 1주일에 한 번 가장 좋았던 문장이나 그림 하나를 골라 단상을 공유했다.

나는 이따금 꽃시장에서 꽃을 사와 이웃에게 나눠 준다. J에게도 꽃을 주고 싶었다. 고마운 마음에 건네려 했지만, 직접 만나고 싶다는 마음이 더 컸다. 그녀에게는 알리지 않고 그녀 집으로 출발했다. 집에서 차로 20분. 시간은 오래 걸리지 않았지만, 고속도로를 타고 가야 하는 거리상으로는 꽤 먼 거리였다. 가는 길, 하늘이 맑고 예뻤다. 산 아래 동네가 맘에 들었다. 마음에 여유가 있는 사람이기에 이런 곳에 집을 선택했을까. 이런 동네에 살아서 마음에 여유가 있는 걸까. 신호등에 걸렸을 때, 줄 게 있어 경비실에 맡기고 가겠다고 소심하게 톡을 남겼다. 실은 J가 잠깐 나와 얼굴을 볼 수 있지 않을까 기대했지만, 만남은 이루어지지 못했다. 그 후, 급하게 약속을 잡았다. 서로 시간을 맞추기 힘들어 아침 8시 30분 그녀의 집 앞에서 만났다. 초등학교 아이를 막 등교시킨 시간, 자고 일어나 거울 한번 들여다볼 새 없었을 그 시간. 짧은 커트 머리는 베개에 눌린 듯 딱 붙어 부스스했다. 위에는 재킷을 입었지만, 하의는 집에서 입던 트레이닝복 차림 그대로 입고 나왔다. 줌 화면에서 본 단정한 모습이 아닌, 아이를 키우는 현실 속 엄마였다. 톡방에서 책 이야기만 하던 우리가 처음으로 서로를 알아갔다. 우리가 동갑이라는 것을, 같은 학교에 다니지는 않았지만 고등학교까지 같은 동네에서 살았다는 것을. 누구 아냐며, 서로의 친구를 퍼즐 맞추기 하듯 꿰맞추었다.

시간은 5년 넘게 흘렀다. 그동안 J는 2년간 미국에 있었고, 나는 회사를 그만두었다. 각자의 삶에 큰 변화가 있었지만, 책이라는 끈을 놓지 않고 북클럽을 통해 인연을 이어왔다.

J가 미국에서 돌아왔다. 인문학 북클럽도 함께 하기로 했다. 만날 수 있는 거리에 사는 그녀의 동네 친구들과 함께. 어떻게 J 옆에는 그녀와 닮은 사람만 있는지. 어느새 '우리'라는 말이 어색하지 않게 나는 J 옆에 있는 친구들과 우리가 되었다.

그달의 책은 장바티스트 앙드레아의 『그녀를 지키다』였다. 600페이지가 넘는 두꺼운 소설이다. 평점을 말하는 순서. 나의 평점은 시큰둥한 '4.0'. 재미있는 책이었지만 긴 시간을 할애해 읽은 것 치고 크게 남는 것이 없었다고 솔직히 말했다. 그러나 인혜와 서연의 평점은 달랐다. 5점 만점에 가까운 '4.8'. 서연은 "비올라와 미모, 그 둘의 관계가…" 하고는 말을 잇지 못했다. 떨리는 목소리에서 책이 남긴 여운이 전해졌다. 책 이야기가 끝나고 이어진 일상 수다 속에서 J는 힘든 이야기를 꺼냈다. 언제나 밝고 묵묵히 제 몫을 다하던 그녀였기에, 아픔의 깊이를 헤아리지 못했었다. 나는 그녀의 등을 토닥여주고 싶었다. 그녀가 아프지 않기를, 언제까지고 아름다운 모습으로 자신을 지켜나갈 수 있기를. 우리 모두, 민경, 인혜, 서연, 윤미는 말없이 휴지를 꺼내 눈물과 콧물을 닦으며 그녀를 응원했다. 그제야 소설 『그녀를 지키다』가 내게 와 닿았다. 책 속 비올라와 미모의 우정이 바로 지금, 눈 앞에 있는 우리들의 이야기임을. 4.0이었던 나의 평점은 눈물 속에서 조금씩 오르고 있었다.

귀족의 딸 비올라와 왜소증이 있는 가난뱅이 미모. 둘은 우주적 쌍둥이처럼 서로를 응원했다. 미모가 천재 조각가로 피어날 수 있었던 것도, 날개를 꺾인 비올라가 절망 속에서 살아낼 수 있었던 것도, 결국은 설명할 수 없는 그 '끌림'의 기운 때문이 아니었던가. 나는 알았다. 같은 책을 읽고, 같은 아픔을 나누며, 같은 방향을 향해 걸어가는 우리. 알 수 없는 끌림에 의해 서로를 알아보고 모인 우리. 미모와 비올라 그 둘 사이와 같다는 것을. 단 한 사람 내 손을 잡아주고 응원해 주면 용기를 내서 살 수 있다는 것을. 우린 서로에게 그런 존재임을.

세상을 살아가는 데 필요한 건 거창한 무언가가 아니다. 단 한 사람, 내 손을 잡아주고 "괜찮아"라고 말해 주는 사람이면 충분하다. 돌아오는 길 『그녀를 지키다』 이 책이 온전히 내게 들어 왔다.

07

같은 길을 걷는 사람

신은정

우리 인연은 30대 초반, 율동 가로수길에서 우연히 시작되었다. 집으로 돌아가던 길, 단아하게 걷던 한 여인이 눈에 들어왔다. "연수원 가는 길인데, 태워드릴까요?" 그 짧은 인사가 20년 넘게 이어지는 인연이 될 줄은 몰랐다.

언니는 늘 나보다 한발 빠르게 새로운 길을 열었다. 헬스, 골프, 필라테스, 마사지도 먼저 시작했고, 미술관과 전시회를 즐겨 다닌다. 좋은 곳을 다녀오면 "다음엔 너랑 같이 가고 싶다."라고 말해 주던 언니 덕분에 나도 자연스레 미술관과 전시회를 찾아다니게 되었다. 김창열의 물방울 그림, 이중섭의 소, 천경자의 미인도 등을 같이 감상했고, 인사동의 작은 갤러리들도 함께 다녔다. 인사동 골목길을 처음 함께 간

날엔 예쁜 엽서와 멋진 문양이 새겨진 시계를 선물해 주기도 했다. 북촌 한옥마을도, 남산도, 경복궁도, 석파정도 늘 함께했다. 언니가 보고 와서 좋은 곳이면 꼭 나를 데려갔다.

매년 크리스마스나 연말쯤이면 언니와 나는 명동성당에 간다. 명동성당에서 한 해를 마무리하는 기도를 하고, 성모마리아 앞에 촛불도 켠다. 연말 분위기가 물씬 풍기는 청계천과 세종문화회관 주변을 천천히 걸으며 산책한다. 명동 먹자골목에서 이것저것 먹어보기도 하고, 사람들 구경을 하며 북적임 속에서 즐거움을 찾는다. 지나가다가 예쁜 양말이 보이면 사기도 하면서. 맛집을 검색해 저녁을 먹은 후에는 자주 가는 초콜릿 카페에 들러 몸을 녹인 뒤 집으로 돌아온다. 이 모든 일이 1년에 한 번 즐기는 우리만의 연말 행사다.

언니는 낯선 여행지나 가까운 동네 탄천에서 산책하며 사진 찍는 걸 즐긴다. 정식으로 배우진 않았지만 빛의 변화, 작은 움직임, 사소한 부분들도 잘 알아본다. 평범한 일상도 사진으로 담을 만한 순간을 보는 시선이 있다. 요즘은 태극권에 몰두해 누군가를 지도할 만큼 성장했다. 그런 언니를 보면서 늘 배운다. 건강한 삶이란 꾸준함에서 비롯된다는 것을.

나는 길치라 길눈이 밝은 언니를 늘 따라다닌다. 예전엔 차 없이 움직이지 못하던 나도 지하철과 걷는 생활이 익숙해 지게 되었다. 언니 덕에 삶의 리듬은 한결 가벼워지고, 마음 과 몸 모두 단단해졌다. 돌아보면 우리의 인연은 단순한 우 연만이 아니다. 걷기와 운동을 좋아하고, 새로운 것을 배우 려는 마음이 닮았다. 작은 순간을 소중히 여기고 서로에게 좋은 사람으로 남고자 하는 마음도.

교통사고로 멈추었던 역사 공부를 언니와 함께하기로 했 었다. 혼자 압구정동까지 가는 길이 외롭다는 말을 했던 언 니였다. 나는 초고를 쓰던 중이라 머뭇거렸다. 그래도 언니 는 "알겠어"라는 짧은 한마디로 내 마음을 편안하게 해 주었 다. 역사 공부는 내가 먼저 시작했지만, 이제 언니가 더 좋 아한다. 우리가 다니는 공부방은 '박연회'라는 곳이다. 오랫 동안 역사 공부를 꾸준히 해온 박식한 분들이 모여있는 곳이 라, 그들과 함께 있는 것만으로도 배움이 되고 즐거움이 된 다. 2시간의 강의와 식사, 찻집에서 나누는 담소만으로도 우 리는 행복했다. 솔직히 역사 공부를 특별히 좋아하는 편은 아니다. '가랑비에 조금씩 스며들 듯, 듣다 보면 조금이라도 알게 되겠지'하는 마음으로 다녔다. 수업이 끝난 뒤, 나보다 먼저 살아온 사람들의 이야기를 듣는 것은 즐거웠다. 문외한 이었던 내가 조금씩 관심을 가지게 된 것도 함께 나눈 시간 덕분이었다.

2학기 등록 후 처음 수업에 간 날, 교실은 반쯤 비어 있었다. 책상도 새것으로 바뀌어 있었고, 궁금했던 친구들도 오지 않았다. 선생님도 그날따라 수업 시간을 맞추지 못하고 늦었다. 조용한 교실 안에는 아직 채워지지 않은 인원수만큼 허전하게 느껴졌다. 나는 책상 위 프린터를 만지작거리며 기다렸다. 언니가 "불편하면 뒷자리로 가서 들어"라는 말에 편하게 수업을 들었다. 궁금했던 이들이 나오지 않아 아쉬웠지만, 언니와 함께 있는 것만으로도 편안했다.

언니 집 앞에 차를 세워두고 오리역까지 걸어가면서 이야기도 나누었고, 압구정역에 내려 강의실까지 걷는 길도 좋았다. 돌아오면서 탄천 갈대숲을 걸어보자고 했다. 탄천을 따라 늘어선 숲은 바람에 살랑거렸고, 햇살이 갈댓잎 사이로 부서져 반짝였다. 가벼운 바람이 지나갈 때마다 사각사각 작은 소리를 냈다. 언니는 탄천에서 볼 수 있는 유일한 숲이라고 했다. 새 한 마리가 날아오르면 하늘과 물, 갈대가 함께

춤추는 듯 아름다웠다. 함께 걷는 길이 소중했고, 하나라도 멋진 풍경을 보여 주고 싶어 하는 언니의 마음이 느껴졌다. 그날 우리는 만 칠천 보를 걸었다. 발바닥에 물집이 잡혔다. 기능성 운동화를 포기하고, 예쁜 운동화를 신고 간 게 문제였다. 사고 후 처음으로 다시 걷는 기쁨을 만끽했다. 돌아오는 차 안에서 언니와의 첫 해외여행 기억이 떠올랐다.

첫 해외여행도 언니 덕분이었다. 세 딸을 키우느라 해외여행은 감히 꿈꾸지 못하던 시절, 언니의 제안으로 싱가폴과 인도네시아를 다녀왔다. 아마도 2003년쯤이었을 것이다. 22년이 지난 지금도 그 여행의 첫인상은 여전히 선명하다. 무엇보다 싱가폴은 깨끗하고 질서 정연한 도시였다. 출근길에 아침을 사 먹거나 포장해 가는 사람들의 모습이 인상적이었다. 아침 햇살 아래 분주히 움직이던 그 풍경이 신선하게 다가왔었다. 여행 중 가장 기억에 남는 곳은 머라이언(Merlion Park)공원이었다. 하얀 사자상이 마리나베이를 향해 물을 뿜어내던 장면은 '사자의 도시'라는 이름처럼 힘차고 아름다웠다. 어디를 어떻게 다녔는지는 가물가물하지만, 언니와 함께한 4박 5일의 시간은 여전히 생생하다.

첫 해외여행, 첫 역사 수업, 첫 생일 모임. 내 인생에 중요한 순간마다 언니가 곁에 있었다. 언니와 함께하는 시간은 언제나 따뜻했다. '아무리 바빠도 일주일에 한 번은 꼭 함께 보내자'라는 언니의 말처럼 함께하는 시간은 내 삶의 쉼표이자 온기가 되었다.

25년이라는 긴 세월 동안 함께 보내며 알게 된 것은 단순하다. 작은 것을 아끼는 마음도, 좋은 사람이 되고 싶은 마음도 닮아있다는 것. 우리의 만남은 우연을 넘어 필연이 되었고, 지금도 내 곁에서 빛나고 있다. 언니와의 인연은 내 삶을 지탱해 주는 아름다운 선물이다.

같은 길을 걷는 사람이 있다는 건 생각보다 큰 힘이 된다. 꼭 같은 속도로 걷지 않아도, 앞서거나 뒤처져도 괜찮다. 서로의 리듬을 존중하며 나란히 걸을 수 있다면 그걸로 충분하다. 좋은 인연은 특별한 사건보다, 함께 걷는 시간 속에서 자란다.

08

도쿄에서 나를 지켜 준 것들

한승희

남편이 갑작스럽게 주재원 발령 소식을 전했다. 막연하게 만 그리던 '언젠가'가 현실로 스며드는 순간이었다. 남편이 일본 철강 무역회사에 다니고 있어 언젠가 일본에 가게 되리라는 예감은 있었다. 일본어 공부도 미리 해야지 마음만은 굳게 먹었지만, 결혼과 출산 이어진 육아 때문에 그 결심은 늘 머릿속에만 머물렀다. 아이들을 돌보느라 하루가 어떻게 지나가는지도 모르는데 공부까지 할 수 있을까. 나한테 쓰는 시간도 없는데 그걸 어떻게 하지? 라는 고민만 이어졌다.

도쿄로 떠나기로 결정된 뒤, 가장 급한 건 일본어였다. 큰 아이를 유치원에 보내고 나면 하루가 비로소 시작되었고, 돌도 되지 않은 둘째를 돌보며 구몬 일본어 CD를 틀어놓았다. 귀부터 열어야 한다는 조언 하나 믿고 계속 틀었다. 딸이 낮

"

잠 자면 히라가나와 가타카나를 외우고, 단어를 쓰고 또 외
웠다. 출산 후 머리카락만 빠지는 줄 알았는데, 기억력도 떨
어졌다. 마음도 머릿속도 텅 비어 버린 것처럼 외우면 잊어
버리고 또 잊어버렸다. 책을 넘기다 말고 한숨이 새어 나오
는 날도 많았다.

　그렇게 정신없이 지내는 사이 어느새 우리는 도쿄에 도착
해 있었다. 새로운 도시 공기를 만끽할 시간도 없이 바로 적
응부터 해야 했다. 도쿄에 도착하자마자 큰아이의 유치원을
알아보아야 했고, 일본어 유치원과 영어 유치원 사이에서 여
러 날 고민했다. 일본어 유치원은 회사 지원이 90%, 영어 유
치원은 절반을 우리가 부담해야 했기에 현실적인 고민이 있
었다. 그럼에도 한국으로 돌아갔을 때를 생각하면 영어 유치
원이 낫다고 생각했다. 놀라웠던 건 영어 유치원 선생님들의
태도였다. 영미권 선생님들은 아이들의 눈높이에 맞춰 몸을
숙이고, 때로는 아이들과 한 몸이 된 듯 바닥에서 뒹굴며 수
업하기도 했다. 아는 사람 한 명도 없는 낯선 도시에서 아이
가 잘 지내는 모습을 보니 안심이 되기도 하고 마음이 편안
해졌다.

도쿄 생활은 숨 가쁘게 흘러가기 시작했다. 무엇보다 가장 큰 변화는 전동자전거의 일상생활이었다. 자동차가 없으면 아무 데도 가지 않던 내가 어느 날부터는 두 아이를 앞뒤로 태우고 전동자전거 페달을 밟고 있었다. 일본 엄마들 사이에서는 자연스러운 이동 방식이었지만, 처음 핸들을 잡았던 날의 두려움은 아직도 생생하다. '이게 정말 내 삶이 맞나?' 그 순간만큼은 남편이 원망스럽기도 했다. 나를 고생시키려고 데려온 게 아닐까 싶을 만큼. 하지만 힘든 순간 예상 밖으로 나를 도와주는 사람들이 있었다.

도착 직후 운 좋게 한국인 언니를 만났다. 언니에게도 딸 한 명이 있었는데 내 딸과 동갑이며 동성이었다. 이렇게 반가울 수가! 사실 어린 딸아이를 혼자 육아할 생각을 하면 눈앞이 깜깜했는데 덕분에 육아의 무게가 한결 가벼워졌다. 아침이면 전화로 아침 먹으러 오라고 부르고, 남편도 매일 해주기 힘든 요리를 해 주다니. 꿈만 같았다. 언니의 남편은 프랑스인으로 딸 이름은 줄리였다. 줄리의 눈을 보면 수정같이 맑은 눈을 가진 인형처럼 예뻤다. 내 딸은 줄리와 생김새도 다르고 쓰는 언어도 달랐지만, 언니 집에 들어서면 아이들은 금세 서로를 알아본 듯 장난감을 갖고 놀았다. 강아지도 꼬리를 흔들며 아이들 곁을 지켰고 나는 언니 집의 따뜻한 부엌에서 김이 피어오르는 음식을 바라보며 도쿄가 낯선 곳이 아니라 새로운 인연이 시작되는 자리라고 느꼈다.

일본에서의 일상은 전동자전거의 속도에 맞춰 움직였다. 아침이면 유치원까지 언덕을 오르고, 낮에는 둘째 딸을 데리고 장을 보고, 오후에는 유치원 앞 놀이터에서 아이들을 놀리며 같은 유치원에 다니는 한국 엄마들과 친해졌다. 일본인 엄마들과의 교제도 시작되었는데, 긴 대화는 하기 어려웠지만, 미소와 고개 끄덕임만으로 마음이 전해졌다. 서툰 일본어를 말할 때마다 끝까지 귀 기울여 들어주던 그늘의 배려는 말을 잘하지 못하는 내게 용기를 주었다.

그러던 어느 날, 남편 회사에서 어학당 1년 등록 기회가 생겼고, 딸은 지인 언니에게 맡길 수 있었다. 어학당에서의 하루는 쉽지 않았다. 나만 애 엄마였고 대부분은 20대 초반의 베트남, 중국 학생들이었다. 오전에는 육아하고 오후엔 딸을 맡기고 자전거 폐달을 밟아 어학당으로 향하는 일상을 반복했다. 매일 몇 킬로미터를 달려도 늘 5분 정도 늦기 일쑤였다. 숨을 고르며 교실 문을 열면 이미 학생들은 책을 펼쳐 놓고 앉아 있었다. 처음에는 눈치가 보였지만 곧 그런 감정도 사라졌다. 아이를 맡기고 나만의 시간을 확보하는 일이 얼마나 큰 용기와 자유를 주는지 알게 되었다. 전동자전거를 타고 바람을 맞으며 달리던 순간, 집중해서 공부하고 아이들 픽업하러 달려가던 길. 이 모든 순간이 나를 만들었다. 이렇게 시간을 쪼개가며 달렸던 때가 있었던가. 그동안 '엄마'라는 이름만으로 살았던 내가 '나'라는 이름으로 불리우는 시간이 생긴 것이다. 교실에 앉아 교재를 펼치는 그 짧은 순간조차 벅차오를 만큼 소중했다. 일본어 공부는 쉽지 않았다. 매주 치러지는 시험이 있다 보니 아이들을 9시에 재우기 바빴다. 조용해지는 저녁 시간이 되면 머리를 질끈 묶고 매일 복습하며 하루를 마감했다. 아마도 나를 응원해 주던 사람들이 없었다면 포기해야만 했을 것이다.

낯선 나라에서 함께 친구가 되어 준 엄마들, 그리고 늘 말 없이 든든하게 뒤에서 밀어주던 남편까지. 도쿄에서의 나날은 혼자서 버티는 시간이 아니라, 누군가가 함께 있어 가능했던 시간이라는 걸 매일 깨닫게 했다.

　　일본 주재를 마치고 돌아온 지금, 도쿄에서 함께 했던 언니들과 여전히 연락을 이어 가고 있다. 단톡방에서는 서로의 일상을 나누고 아이들 소식을 공유하며 대화를 주고받는다. 그리고 1년에 한두 번씩은 꼭 시간을 맞춰 만나기도 한다. 낯선 도시에서 서로에게 의지하며 시작된 인연이 한국에 돌아와서도 변치 않고 이어진다는 사실이 나에게 큰 힘이 된다. 그때 내가 받았던 관심과 배려, 작은 도움과 웃음들을 떠올리면, 나도 누군가의 하루를 조금 더 편안하고 행복하게 만들어 줄 수 있는 사람이 되고 싶다는 마음이 절로 생긴다.

　　도쿄에서의 나날은 혼자 버티는 시간이 아니었다. 함께 해 주는 사람이 있었기에 가능했고, 그때 느꼈던 다정함이 여전히 내 삶을 지탱하는 힘이 되어 주고 있다. 언젠가는 내가 받았던 따뜻함을 또 다른 누군가에게 돌려주며 하루하루를 더 온전히 살아갈 수 있기를 바라는 마음이다. 그것이 바로 내가 도쿄에서 배운 잊지 못할 소중한 경험이자, 앞으로도 나를 움직이게 할 힘이라는 것을 나는 알고 있다.

09

좋아하는 것으로 만난 사람들

허미나

"다 좋아요. 아무거나."

지인들과 식사하러 가면 늘 이렇게 말했다. 내가 원하는 걸 말하는 게 어색했다. 만나는 사람들은 나를 '편하고 잘 맞는 사람'이라고 했지만, 만나고 나면 이상하게 피곤했다. 타인에게 맞추다 보니, 정작 내가 어떤 사람인지 몰랐다. 아이를 낳고 엄마가 된 이후에도 여전했다. 가족끼리 외식을 하러 나가면 "오늘 뭐 먹을까?" 남편이 묻곤 했다. 아이도 엄마가 먹고 싶은 걸 먹자고 말했지만, 내 대답은 마찬가지였다. "아무거나. 다들 먹고 싶은 걸로." 남편이나 아이가 고른 음식을 먹으며 맛있다고 했지만, 정말 먹고 싶었던 게 뭐였는지도 모른 채 하루가 지나갔다. 타인이 좋아하는 것은 귀신같이 알아챘다. 관찰하고 배려하고 먼저 챙기는 일에는 익숙했다. 하지만 정작 '나'는 그 어디에도 없었다.

그러던 어느 날, 아이를 데리고 미술학원에 가던 길이었다. 아이가 오늘은 물감으로 집을 색칠하는 날이라며 신나게 말했다. "엄마, 나 무슨 색으로 칠할까?" 아이의 질문에 가슴 한구석이 먹먹해졌다. 그 질문이 마치 "엄마가 잘했다고 할 만한 색이 뭘까?"로 들렸다. 내 아이도 나처럼 타인의 시선을 먼저 의식하는 사람으로 자라는 건 아닐까 두려웠다. 동시에, 하얀 도화지처럼 색을 결정하지 못한 채 수십 년을 살아온 내 모습이 떠올라 마음이 아팠다.

6년 동안 하던 일을 그만두면서 막막함은 더 커졌다. 뭘 하고 싶은지조차 몰랐고 밖에 나가기도, 걸려오는 전화도 받기 싫어졌다. 점점 방어적으로 변해갔다. 이대로는 안 되겠다 싶어 교육 프로그램을 찾아보았다. 막상 가보니 20명과 함께 하는 수업이었다. '최대한 조용히 있자. 마음 상하지 않게 적당한 거리를 유지해야지.' 처음 며칠은 정말 그렇게 지냈다. 조용히 수업에만 집중했고, 쉬는 시간엔 자리에 앉아 휴대폰만 봤다. 또 나를 숨기고 있었다.

"이거 드셔 보세요." 한 분이 밝게 웃으며 간식을 건넸다.

다음 날, 약속이라도 한 듯 다양한 간식을 서로에게 나눠 주었다. 그 작은 친절이 보호막을 무너뜨렸다. 말이 늘었고 웃음도 늘었다. 마음이 열릴수록 거리도 가까워졌다. 모두 각자의 삶을 살다가 우연히 이 공간에서 만난 사람들이었다. 다시 중학생이 된 것처럼 쉬는 시간만 기다렸고, 그 시간마다 허기진 배를 간식으로 채우며 정을 쌓아갔다. 어느 날은 몇 명이 따뜻한 꽈배기를 공수해 오겠다며 수업 중에 조용히 뒷문으로 나갔다. 작전이 성공하는 듯했지만, 갑자기 강사님이 빈자리의 주인이 누구냐고 물어보는 바람에 순간 당황했다. 태연한 척 수업을 듣다 쉬는 시간이 되자 웃음이 터져 버렸다. 이 작은 변화들이 얼어붙은 마음을 녹이고 있었다.

그중에서도 유난히 결이 맞는 분이 있었다. 쉬는 시간에 책 이야기를 하던 중 뜻밖의 제안을 받았다. 친구와 함께 브랜딩 독서 모임을 만들까 하는데, 함께하지 않겠냐고. 망설임 없이 하겠다고 했다. 메신저에 모여 좋은 구절이 나올 때마다 편하게 나눴다. 같은 구절에 밑줄을 긋기도 했고, 같은 챕터를 읽고도 전혀 다른 생각을 떠올리기도 했다. '나'를 드러내는 것이 아닌, '책'에 대해 이야기하는 이 모임이 좋았다.

타인을 배려하기 위해 애쓰지 않아도, 그저 좋아하는 것을
하면서도 이렇게 누군가와 느슨하게 연결될 수 있다니. 처음
으로 내가 맞추지 않아도 되는 관계를 만난 것 같았다.

　그렇게 시작된 모임은 더 깊은 만남으로 이어졌다. 마지
막 챕터를 나눌 무렵 오프라인 모임을 갖기로 약속했다. 알
고 보니 멤버 한 분이 나와 가까운 거리에 살고 계셨는데 같
이 가자고 연락이 왔다. 메신저로만 소통했는데, 실제로 만
나면 어색하진 않을까 걱정도 되었다. 늦지 않으려고 뛰어와
차에 올라타니 땀이 쏟아졌다. 신경 쓰일까봐 미안한 마음에
손으로 부채질하는데, 순간 시원한 에어컨 바람이 얼굴을 감
쌌다. 삭은 배려에 마음이 놓였다. 어색해할 새도 없이 편안
하고 솔직한 대화가 목적지까지 이어졌다. 대화를 나누던 중
요즘 고민이 많다고 털어놓았다. 그분이 불쑥 던진 한마디는
오랫동안 나를 짓눌러왔던 무게를 덜어 주었다. "머릿속으로
고민이 많죠? 나도 그랬어요. 그런데 고민만 하지 말고 하나
씩 해 봐요. 그러면 돼요." 굳이 상황을 설명하지 않았는데도
이해받는 느낌에 마음이 따뜻해졌다. 아무런 판단 없이 고민
하는 나를 있는 그대로 인정해 주는 것 같았다. 타인에게 맞

추지 않고, 그저 좋아하는 것을 선택했을 뿐인데 이렇게 진심 어린 위로를 만날 수 있다니. 그 말을 들으니 정말 그렇게 하나씩 해 나가면 되겠다 싶었다. 완벽한 계획이 아니라, 작은 시작이 필요했던 거였다.

그렇게 시작한 것이 글쓰기 모임이었다. 단순히 책을 읽고, 생각을 나누는 것을 넘어, 내 이야기를 세상에 꺼내 놓을 용기를 냈다. 모임 사람들과 매일 메신저로 다양한 글을 나눈다. 5분 에세이를 쓰기도 하고, 책에서 찾은 좋은 문구들을 공유하기도 한다. 다들 어디에 사는지, 어떤 일을 하는지 모르지만 서로의 글을 보며 공감하고 응원한다. 예전엔 글을 써도 비공개로 숨겨두기만 했던 블로그에도 이제는 매일 글을 올린다. 어제는 좋아하는 드라마에 대해, 오늘은 아침 일기에 관한 글을 썼다. 내일은 뭘 쓸지 아직 모르지만, 그게 좋다. 이 글들이 언젠가 책이 될 수도 있고, 아닐 수도 있다. 그것보다 중요한 건 지금 내가 좋아하는 걸 하고 있다는 사실이다. 결과가 아니라 과정이 나를 채우고 있다.

예전의 나는 타인의 색으로만 칠해지던 하얀 도화지였다.

지금은 느슨하지만, 진심 어린 연결 속에서 나만의 색을 찾아가고 있다. 언젠가 아이가 다시 묻는다면, 이렇게 말해 줄 수 있을 것 같다.

"네가 좋아하는 색으로 칠해 봐. 그게 제일 예쁜 색이야."

4장

오늘도,
취향대로

밖을 향해 있던 촉의 방향을 나에게로
돌리니 새로운 세상이 펼쳐진다. 내 인생
여행에 가장 잘 어울리는 동반자는 이미
오랜 세월 내 안에서 기다리고 있었다.

언젠가 이 시간을 돌아보며 생각할 것
이다. 그 평범한 아침들, 책상 앞에 앉아
있던 시간이 얼마나 소중한 순간이었는
지 그때는 몰랐다고. 오지 않은 미래를
향해 매일 작은 것들을 더하듯, 주어진
오늘을 살아간다.

01

내면의 소리에 귀 기울이기

김미연

"아빠, 우리 호텔 언제 가?"

아이들이 어릴 때 여행 중 가장 많이 했던 말이다. '이왕 시간과 경비를 투입했으니, 여행지에서 새로운 경험을 많이 해 보자'라는 내 생각과 달리 남편은 좋은 음식 먹고, 편안한 호텔에 묵으며 여유 있게 즐기기를 선호했다. 어디 여행이라는 게 마음처럼 편안하고 여유 있기만 하겠는가. 집 나오면 다 고생이지. 여기가 아무리 유명한 곳이라고 설명해 줘도 어린아이들에게는 지금의 더위와 추위, 피곤함과 배고픔이 해결되기를 바랄 뿐이었다. 엄마에게는 언제 가냐고 물어보지도 못하고 아빠에게만 재촉했던 아이들 마음을 이해해 줄 여유가 그 당시 나에게는 없었다. 보고 싶은 곳이 너무 많았고, 신비로운 것도 차고 넘쳤다. 새로운 도시에 가면 가장 높은 곳에 올라가 전체를 조망해 보고 싶었고, 강에 떠다니는 유람선도 타 보고 싶었다. 엘리베이터가 있는 전망대라면 상황이 좀 나았지만, 높은 지대를 걸어서 올라가야 하면 먼저 식구들 눈치를 봐야 했다. 루브르 박물관에서 처음 봤던 모나리자 그림은 가슴을 두근거리게 했다. '이 유명한 그림을 내가 실제로 보고 있구나.' 그림 보며 가슴이 쿵쾅거리는 느낌을 경험하고 나니 유명한 미술관과 박물관도 그냥 지나칠 수 없었다. 아이들을 위해 놀이동산이나 동물원도 열심히 다녔지만, 내 관심사를 포기할 수도 없었다. 그럼에도 가족여행이기에 서로 양보하며 절충점을 찾아갔다. 궁금증 가득한 나를 충족시키고 아이들을 다독이며 내 호기심 고삐도 조절해갔을 남편이 중간에서 힘들었겠다.

5년여 만에 다시 찾은 옛 동독 드레스덴 거리를 어제 다녀온 것처럼 또렷이 기억하는 남편. 그때의 에피소드를 말하는데 나에게는 까마득히 없었던 일처럼 들렸다.

"왜 그때 일 기억을 못해. 무섭게 그러지 마."

농담을 반쯤 섞어 타박한다.

"매번 새로운 시선으로 바라보니 더 좋은 거 아니야?"

나는 뻔뻔스럽게 대꾸한다. 허겁지겁 음식을 채워 넣으면 맛을 음미할 수 없듯이 여행도 마찬가지 아닐까 싶다.

20년 넘게 가족이라는 테두리 안에 살아 보니, 유리병 안에 서로 다른 모양의 돌들이 흔들리며 살아왔다는 생각이 든다. 모난 곳은 서로 맞춰가며 둥글둥글 깎이기도 했다. 세찬 흔들림에도 깎이지 않는 부분에는 다른 구성원이 삐죽 튀어나온 비슷한 모양새로 맞추어 주며 민감한 유리병에 공간을 채워 나가기도 했다. 그렇게 서로 맞춰 가며 유리병 안에 더 많은 공감과 경험을 할 수 있는 여유 공간을 만들어 나간다.

가족 전체를 만족시켰던 여행은 크루즈 여행이었다. 밤새도록 배가 움직여 유명 관광지에 우리를 내려 줬다. 기항지 단체 관광을 예약해 버스를 타면 그 지역 멋진 곳에 데려다주는 여행. 관광 명소에 배가 정박하면 도시를 돌아보는 여행을 식구 모두 좋아했다. 두 번째로 만족했던 여행은 휴양 여행. 대도시 유명 관광지를 벗어나 산책로를 거닐고, 더운 여름날 바닷가에 뛰어들기. 호기심 충족보다 현재를 즐기는 시간도 좋았다. 어쩌면 웬만한 관광 명소는 다 봤다는 충족감이 휴양 여행을 하고 싶다는 생각으로 전환되었을지도 모르겠다. 그런 시간이 쌓여, 아이들이 성장하니 전세가 역전되었다. 며칠이라도 여유가 생기면 '어디 가 볼까?' 아이들 스스로 궁리한다. 때로는 내가 버거울 정도로 전진하는 아이들. '그 피가 어디 가겠어?' 과거의 나처럼 아이들 시간도 그렇게 흘러갈 것 같다. 세월의 흐름 속에 여행 취향도 변해 가나 보다.

가족여행 하는데도 이렇듯 서로 합을 맞춘다. 내 인생 여행에는 내면의 소리에 얼마나 귀를 기울이며 살아왔을까?

가끔 뭔가 반짝하고 지나가는 아이디어나 떠오르는 욕구를 무시하며 살아왔다. 평소 안 하던 일을 하려면 귀찮기도 하고, 여건이 안 될 때는 이내 포기하곤 했다. 시작의 어설픔에 미루기도 했다. 순간 반짝이는 생각을 행동으로 옮겼을 때 그 부싯돌이 촛불이 되기도 하고, 나아가 횃불이 될 수도 있었을 텐데. 무의식 안에서 반짝이는 작은 불빛을 그동안 너무 모르는 체하며 살지는 않았는지. 짧은 생각을 계기로 한 작은 행동이 더 큰 세상으로 나아갈 수 있는 발판이 될 수도 있었을 텐데 그 기회를 스스로 꺾으며 살지는 않았는지. 아이들이 성인이 되고 나니 인생 다음 라운드를 제대로 준비해야겠다는 다짐이 생긴다.

5월 초 여전히 쌀쌀한 봄날, 스위스 여행 중 강가를 따라 산책에 나섰다. 서늘한 강바람에 목도리까지 단단히 두르고 나선 산책길이었다. 만년설이 녹아내린 옥빛 강물은 물살이 제법 빨랐고 바람은 강하게 불었다. 건너편 험준한 산기슭에는 염소들이 떼 지어 다녔다.

남녀가 수영복 차림에 큰 수건을 두르고 맨발로 서 있었다. '이 추운 날씨에 수영한다고?' 비현실 속에 있다는 느낌. 조금 전에 지나온 잔디밭 위에 덩그러니 있던 사우나가 떠올랐다. QR코드를 찍어 확인해 봤었다. 시간당 가격이 표시되어 있었고 사전 예약을 하면 이용이 가능하다고 안내되어 있었다. 역시나 그들은 다시 사우나로 향했다. 싸늘한 날씨에 뜨겁게 사우나를 하고, 강가에서 풍욕으로 몸을 식히는 기분은 어떤 걸까? 이 광경을 보지 않았다면 평생 이런 상황을 상상이나 해 봤을까?

한기가 도는 날씨, 사우나 후 강가에서 맞이하는 상쾌함을 맛보지 못했다고 무슨 일이 생기지는 않는다. 그래도 그 느낌을 경험해 보고 싶다. 사소한 새로운 경험을 통해 그동안 상상하지 못했던 세상을 마주할 수 있지 않을까. 일상의 작은 궁금증과 호기심을 무시하며 살고 싶지 않다. 평소에 갖는 마음가짐과 작은 실천이 있어야 정말 용기가 필요한 순간 빛을 발할 수 있다.

할까 말까 망설이던 일부터 일단 실행에 옮겼다. 독일 카셀에서 열린 한인 골프 전국체전 예선전에 참가했다. 1박 2일 시간을 비워야 했고, 경비가 발생했다. 안 가도 그만인 대회였지만 내면에서 울리는 소리를 따라가 봤다. 선발되었다면 설레는 마음으로 고국행 비행기에 올랐겠지만, 역시 실력자는 많았다. 그래도 경험을 해 봤고, 궁금증은 풀렸다. 즐거웠던 시간은 덤이다.

2025년 9월에 발간된 『산책과 문장』에 이어 두 번째 공저 책도 이렇게 쓰고 있다. 하지 않는다고 누가 뭐라 할 사람 한 명 없지만, 내 안에 스쳐 지나가는 '하고 싶어.'라는 마음을 외면하지 않기로 했다.

『산책과 문장』 출간 후, 서울에서 진행된 북토크에 참여했다. 예전 같으면 엄두도 내지 못했겠지만, 용기도 습관이 되는 모양이다. 온라인에서만 만났던 공저 작가들과 행복한 시

간을 함께했다. 참석하지 않았다면 도저히 알 수 없었을 감
정들이 켜켜이 더해진다.

작지만 쌓여가는 경험들이 어제와 다른 나를 만든다. 밖을
향해 있던 촉의 방향을 나에게로 돌리니 새로운 세상이 펼쳐
진다. 느끼지 못하고 있던 잠재의식에서는 또 어떤 불빛들로
신호를 보내올까? 조용히 귀 기울여 본다. 새로운 새싹을 틔
우는 소리가 들린다. 내 인생 여행에 가장 잘 어울리는 동반
자는 이미 오랜 세월 내 안에서 기다리고 있었다. 멋지게 조
우할 일만 남았다.

반갑다. 오랫동안 기다려 줘서 고마워. 앞으로도 자주 만
나자.

<h1 style="text-align:center">02</h1>

일상 속 행복을 향한 발걸음

김은주

오래간만에 만난 사람들은 가벼운 인사 하며 요즘 어때요? 라고 묻는다. 으레 하는 인사말이기도 하지만 때론 그 말에 진지해질 때가 있다. "뭐 그냥 똑같죠."라는 말은 하고 싶지 않다. 혼자 살며 나태해지지 않으려면 기준이 있어야 했다. 내가 원하는 삶은 스스로 행복하고 세상에 기여하는 삶을 사는 것이기 때문이다. 건강하고 계획 있는 삶을 살고 싶었다. 본격적인 사회생활을 시작하니 항상 시간이 부족했다. 하루 24시간을 엿가락처럼 늘일 수도 없고. 아침 시간밖에는 답이 없었다. 하지만 아침잠 많은 나에게 아침형 인간은 일생의 도전 과제였다. 연초마다 계획표에 빠지지 않는. 현실은 아침마다 3~4개의 알람을 끄다가 잠에서 깨는 게 일상이었다. 이번엔 진짜 성공하고 싶다는 욕구가 마음 깊은 곳부터 꿈틀

거렸다. 아침 시간만 활용할 수 있다면 뭐든 다 할 수 있겠다는 생각이 강하게 들었다.

역시 아침형 인간은 게으름과의 싸움이었다. 5분만 더, 아니 1분만 더 외치며 이불 속에서 헤어나지 못한다. 간신히 정신을 차려 세수만 하고 옷을 갈아입은 후 현관을 나선다. 주 5일 운동이 목표다. 월, 화, 목은 기구 필라테스를 하고 수, 금은 수영한다. 기구 필라테스 가는 날이 육체적으로 더 힘들다. 일단 오전 6시에 일어나는 것부터가 난관의 시작이다. 25분 걸어가서 기구 필라테스 50분 수업 후 러닝머신에서 5km를 뛴다. 온몸이 땀으로 흠뻑 젖어야 그날의 운동은 끝이 난다. 샤워 후 집으로 올라오는 길 뿌듯함으로 궁둥이가 실룩댄다. 초반에는 힘들어 집에 와서 낮잠 자는 날도 많았지만, 언젠가 익숙해질 거라는 희망으로 버텼다. 수영은 10시 수업이라 아침잠을 여유 있게 잘 수 있음에 감사했다. 그렇게 매일 운동하고 집에 와서 두피에 좋은 앰풀을 톡톡 흡수시키고 운동복을 손빨래한다. 커피 머신에서 커피가 뽑히기를 기다리며 일기장을 펼치고 노트북을 켠다. 일기 쓰고 그날의 할 일을 정리한다. 블로그에 써야 할 글감이 있으면 글을 쓰기도 한다. 그러면 12시가 훌쩍 넘는다. 이런 루틴으로 살아간 지 벌써 몇 달이 지났다. 늦잠 자서 운동 못 갈 때도 있고 일기를 못 쓸 때도 있다. 처음엔 자책하는 시간이 많았지만 이젠 그러려니 한다. 오늘 실패했다고 포기하지 않는다. 오히려 내일은 성공할 수 있다며 다독인다. 나도 사람인데 그럴 수도 있지라며 관대해진 덕분이다. 아침 루틴을 체득하는 게 올해 목표 중 하나다.

아침 루틴이 매일의 퀘스트 같은 거라면 주말마다 찾는 문화 활동은 금광 캐기 같은 거다. 남양주 소식지를 보며 이번 주에는 어떤 행사, 전시가 있는지 체크한다. 다른 지역에 살 때는 시장님이 누군지 시에서 무슨 일을 하는지 전혀 관심이 없었다. 남양주로 이사 오고서도 한참을 그랬다. 결혼 생활할 때 심적으로 힘들어 찾아낸 청년 모임이 기폭제가 되었다. 사람들과 만나며 조금씩 밝아졌고 더 많은 것들을 경험하고 싶었다. 혼자가 된 후 본격적으로 예술, 문화생활에 대한 갈망을 풀기 시작했다. 큰돈 들이지 않고도 많은 것을 경험할 수 있음에 신세계를 만난 듯 신청하고 즐기기에 급급했다. 만족스러운 것도 있었지만 실망할 때도 있다. 이제는 요령이 생겨 만족도가 훨씬 높아졌다. 원데이 클래스, 축제, 공연 정보, 시에서 주관하는 프로그램들을 보면서 내 취향에 맞는 것을 고르는 눈도 생겼다. 올해 경험한 것 중에는 KT에서 진행한 〈VOYAGE to Jarasum〉 페스티벌이 기억에 남는다.

2025년 9월 6일 가평 자라섬에서 〈VOYAGE to Jarasum〉 페스티벌이 진행됐다. 매년 KT에서 회원들을 대상으로 하는 무료 공연이다. 무료 공연이라 퀄리티가 떨어지지 않을까 하는 걱정은 라인업을 보면서 기대감으로 바뀌었다. 올해는 정은지, 김연우, 잔나비 공연에 가슴이 콩닥콩닥. 그런데 일기 예보가 마음속에 먹구름을 드리웠다. 공연 당일 비 소식이 있어 설마 했는데 '설마'는 '역시나'였다. 그래도 가지 않겠다는 생각은 들지 않았다. "비 오면 어때? 비 맞으면서 보는 공연은 또 얼마나 멋질까?" 긍정 회로를 돌렸지만 가평까지 가는 길 장대비가 내린다. 어떡하지? 고민하지만 집을 나설 때부터 답은 정해진 거였다. 주차장 도착 후 비가 잦아들기를 기다렸지만 헛수고였다. 이내 포기하고 우산을 쓰고 걷기 시작했다. 주차장이 멀어 행사장까지 가는 20분의 걷기는 흡

사 폭풍을 헤치고 앞으로 나아가는 군인의 행군 같았다. 배려 없는 운전자 때문에 흙탕물이 튀어 몸이 흠뻑 젖을 땐 오리처럼 꽥꽥 소리를 질렀다. 이런 날씨에 아이들까지 데리고 온 부모들은 위대해 보이기까지 했다. 도착한 행사장 입구 모습에 숨이 턱 막혔다. 흙탕물과 진흙 범벅 바닥에 많은 걸 내려놓아야 함을 알아차렸다. 비 때문에 안전 요원들도 우왕좌왕했다. 입장권 팔찌를 두르고 중앙 광장으로 발걸음을 옮겼다. 이미 물에 빠진 생쥐 꼴이었다. 누가 보면 왜 저렇게까지 하냐는 말이 절로 나올만한 초라한 행색이었다.

기대하지 않고 페스티벌 공연장으로 들어섰다. 그 순간, 무질서 속 공연장을 가득 채운 사람들의 모습에 환호성이 절로 나왔다. 비로 젖은 대지에는 돗자리를 깔거나 캠핑 의자에 앉아 공연을 즐기는 사람들로 빽빽했다. "오빠 한국인은 정말 흥이 많은 민족 맞나 봐요. 오면서 사람들이 없을까 걱정했는데. 이건 뭐 우리 같은 사람이 엄청 많네요." "그러게요. 오길 잘한 것 같아요." 우리는 우산을 쓰고 앉을 자리를 물색했다. 돗자리를 깔긴 했지만 이미 젖은 몸이라 별 신경이 쓰이지 않았다. '우중에서 즐기는 공연을 언제 경험해 보겠어?'라는 객기가 생겼다. 가수 정은지가 나와서 노래하는데 성량이 달랐다. 가수는 아무나 하는 게 아니구나. 머리부터 발끝까지 비로 젖자 오히려 공연에 더 집중됐다. 가수 김연우는 연우신 이라는 말을 증명했다. 마이크를 떼고 불러도 온 광장을 목소리로 채웠다. 제일 보고 싶었던 잔나비 공연! 마지막에 배치한 이유가 확실했다. 차 안에서 듣던 그 노래를 현장에서 듣는 희열이란. 몸은 방방 뛰다 못해 하늘로 날아오를 것 같았다. 비 내리는 야외 공연장에서 맥주에 치킨을 뜯으며 듣는 노래라니. 이건 천국인데? 장대비처럼 내리던 비도 호우경보를 비웃듯 잔나비 공연 때부터 서서히 멈췄다. 하늘이 조금의 배려를 해 주셨다. 한국인의 떼창 본능이 내게도 있어 목이 아픈데노 노래를 쉼 없이 따라 불렀다. 잔나비도 비 오는 광경에서 보이는 관객들의 모습에 감동하며 최선을 다해 퍼포먼스를 보여 줬다. 비를 맞으며 공연에서 즐기는 모습은 이십 대나 가능한 일인 줄 알았다. 하지만 사십 대인 나는 그 경계를 무너뜨렸다. 나답게 에너지를 발산하는 기쁨을 빗속의 자유에서 만끽할 수 있었다.

지난 일 년 반은 나를 찾아가는 시간의 연속이었다. 내가 뭘 할 때 행복해지는지 적극적으로 움직였고 다양한 모습의 나를 발견해 냈다. 끊임없이 도전하고 시작하려는 용기가 나를 밑바닥에서 건져 올렸다. 혼자임에 외로워하고 자신을 스스로 고립시켰다면 어떻게 됐을까? 어둠에 나를 감추고 있었겠지. 일부러 세상 밖으로 나가려 노력하면서 외향적이고 여유로운 모습으로 바뀌었다. 행복은 멀리 있지 않았다. 한 걸음 한 걸음마다 행복이 샘물처럼 퐁퐁 피어난다. 넘어지면 주저앉는 게 아니다. 넘어진 자리에서 일어나 하늘 한번 쳐다보고 앞으로 걸어가면 된다. 처음으로 돌아가는 게 아니다. 천천히 가면서 주변을 둘러볼 여유까지 생긴다면 더할 나위 없을 것 같다.

03

시들지 않는 것들

김재원

이른 독립을 했다. 본가에서 네 시간이나 걸리는 좁고 삭막한 내 집에 생명을 불어넣으려는 듯, 엄마는 부지런히 식물을 가져다 놓았다. 그 많은 화분이 하나씩 시들 때마다 나는 다시 본가에 가져다 놓기를 반복했다. 식물은 마음을 주면 잘 자란다고 엄마는 늘 그렇게 밀했다. 학교는 바쁘고 과제는 쌓이고, 만나야 할 친구들이 이렇게 많은데 화분만 보면서 살 수는 없다고 생각했다. 그렇게 철없던 내가 어느새 엄마가 되어 아이보다 더 큰 화분들을 몇 해째 돌보고 있다. 오늘도 잎사귀를 매만지며 이전보다 마른 것은 아닌지 확인하고, 더러운 흙에 손가락을 대어 물을 주어도 될 정도로 건조한지 살핀다. 어느새 엄마가 하던 행동을 똑같이 하고 있는 내게 아이가 다가와 말했다.

"엄마는 할머니를 닮아서 화분을 잘 키우나 봐요."

내가 아이를 낳고 나서야 화분을 제대로 키우게 된 걸 보면, 결국 무엇이든 '돌본다'는 건 비슷한 일인 것 같다. 아이가 보아왔던 나는 언제나 푸른 화분을 돌보고 있는 모습의 엄마였다. 내가 시들게 한 수많은 화분의 역사를, 아이는 모를 것이다.

아이를 낳고 병원에 입원해 있을 때였다. 일이 바빠 못 올 수도 있다던 엄마는 사흘 나절 남편과 교대하며 나를 간호하고 있었다. 수술 부작용으로 폐에 물이 차서 눕지도 못하는 나를 지켜보다가, 엄마는 문득 옛날 생각이 난 듯 담담하게 말했다.

"산부인과에 수술하고 입원해 있는데, 세상 편하드라. 남이 해 주는 밥 먹고, 가만히 누워 있으니까 좋드라."

그리 아픈 와중에도 쉴 수 있어 좋았다고, 엄마는 미소를 띠며 말했다. 말투는 차분하고 담담했지만, 목소리에서는 눈물 냄새가 났다.

내가 아는 엄마는 늘 그랬다. 수술받고 입원해 무통 링거를 달고 있으면서 나에게는 아프다고 하지 않았다. 그리고 내가 결혼하기 전까지 엄마는 단 한 번도 시집살이가 힘들었다고 한 적이 없었다. 엄마는 그런 사람이었다. 그래서 나는 엄마의 인생을 몰랐다.

엄마는 위로 오빠 둘과 아래로 동생 둘이 있는 대식구의, 말하자면 장녀였다. 아프셨던 아버지와 일하시는 어머니를 대신해서 어린 시절부터 모든 살림을 도맡아 했다. 열여섯이 되어 고등학교에 가야 하는데, 집에서는 학비를 못 준다고 했다. 엄마는 한창 부끄럼이 많을 나이에 집에서 꽤나 떨어진 대도시의 한 고등학교 교무실에서 일을 하며, 간신히 야간고등학교를 졸업했다. 아프셨던 아버지는 극진한 간호에도 허망하게 놀아가셨다.

앳된 티가 채 가시기도 전에 큰오빠의 손에 이끌려 간 곳은 선 자리였다. 엄마의 심성을 곱게 보신 동네 어른께서 농사를 짓고 땅도 좀 있는 집안의 잘생긴 청년을 주선해 준 것이다. 벚꽃이 한창 날리던 계절이었다. 처음 보는 청년의 부모님과 큰오빠가 마주 앉아 이야기를 나눈 지 며칠 지나지 않아 그가 함을 지고 왔다. 그리고 그를 다음으로 본 곳은 결혼식장이었다.

경주 신혼여행을 시작으로 어안이 벙벙하게 시작한 결혼 생활은 큰오빠가 생각했던 것처럼 평탄하지 않았다. 아니, 실은 그 반대였다. 제사 많은 집의 맏며느리라는 자리는 처음부터 만만한 자리가 아니었다. 아들을 못 낳았다고 구박받는 일은 다반사였고, 저녁상에 찌개가 있어 국을 안 끓였다고 하니 수저를 들지도 않고 역정을 내시며 나가 버리시기도 했다. 그 집에서 엄마는 매일 가슴으로 눈물을 흘려야 했다.

마당 건너 사랑채에는 치매 걸린 증조할머니까지 계셨다. 주변에서는 결혼할 무렵부터 곧 돌아가실 거라 했지만, 엄마의 따뜻한 보살핌 덕분에 내가 태어나 한참을 자라 초등학교를 다닐 때까지 십 년을 더 살아계셨다. 그동안 엄마는 자식 넷의 기저귀를 첫째부터 막내 것까지 수년을 빨면서 노인 한 사람분을 더 견뎌 내야 했다.

둘째인 나마저 딸이라 엄마가 눈칫밥을 먹은 탓인지 나는 고작 2.75kg으로 태어났다. 엄마는 아침이면 작은집에 어린 나를 맡기고 밭일까지 도맡아 하기 시작했다. 내가 아플 때마다 엄마는 어릴 때 모유를 못 먹여 그렇다고 안쓰럽게 바라보며 미안해했다. 그 말을 들을 때는 잘 몰랐다. 하지만 아

이를 낳아 회사에 복직하고 밤새 우는 젖먹이를 달랠 때가
돼서야, 비로소 나는 엄마의 인생을 생각했다. 어떻게 그토
록 어린 나이에 하루 종일 밭을 매고도 밥을 차렸을까. 얼마
나 고된 육신으로 갓 두 돌 된 언니와 갓난쟁이인 나를 데리
고, 잠들 수 없는 길고도 어두운 밤들을 보냈을까.

　엄마는 나를 낳고도 딸을 하나 더 낳았다. 줄줄이 딸린 입
들을 채우기 위해 단 하루도 편히 쉬지 못하던 엄마는 어느
날은 곰 같고, 또 어느 날은 무쇠같이 몸을 움직였다. 그러다
입원하게 된 병원에서 엄마의 기억은, 편히 먹었던 밥으로
남았다. 마치 그전에는 제 손으로 차리지 않으면 한 끼도 못
먹었던 사람처럼. 그리고 어쩌면 정말로 그랬을 우리 엄마.
　결국 장손의 대를 잇기 위해 딸 셋 밑으로 아들을 하나 더
낳은 엄마는 아이 넷을 데리고 할머니, 할아버지와 치매 걸
린 증조할머니를 모시며 투정도 없이 묵묵하게 살았다. 설이
면 식혜를 담고, 가을이면 메주를 띄우고, 아이들이 뜯어온
쑥으로 쑥국을 끓이고, 자정이 넘어서까지 밑반찬을 만들었
다. 그리고 동네 사람들이 버리다시피 가져다준 죽은 화분들
을 하나하나 살리며 엄마의 젊은 시절은 그렇게 흘러갔다.

지금의 나는 그때의 엄마보다 훌쩍 더 나이를 먹었다. 그래도 아직 철이 들지 못한 채, 정원 가득 싱그러운 화분을 돌보고 있는 엄마를 바라본다. 연둣빛의 고운 잎사귀들은 나처럼 엄마의 손길을 먹고 자라 반짝반짝 빛이 난다. 엄마의 인생은 어땠냐고 묻는 딸의 질문에 엄마는 이렇게 답한다.

"좋았지. 너그들이 있어서. 힘든 건 다 잊었다. 살다 보면 다 살만하다. 자식들 많이 낳아 놓으니까, 착하게 커가지고 다 효도하고, 좋드라. 니도 하나만 낳지 말고 더 낳아라."

엄마는 웃고 있지만 나는 이상하게 눈물이 고여 말을 삼킨다. 대답 대신 굳은살이 박히고 검게 갈라진 엄마의 손을 바라본다. 한때는 가늘고 고왔을 그 손에 세월이 사무쳐 있다.

나는 엄마의 손으로 키워낸 가장 예쁜 화분이다. 엄마의 가슴에 뿌리를 깊이 내린 단단한 화분이다. 그래서 나도, 언젠가는 엄마처럼 나의 정원을 돌보며 살고 있겠지. 오늘도 화분에 물을 준다. 엄마의 말처럼, 나의 마음을 준다.

04

그런 어른이 되고 싶다

박나영

"어머니, 생신날 이런 말씀 드리면 조금 이상하게 들리실지 모르겠지만 온 가족이 모인 김에 제안하고 싶은 나들이 장소가 있습니다." 시어머님 생신을 축하하기 위한 점심 식사 자리에서 남편이 예상치 못한 이야기를 꺼냈다. "봉안당 어떠실까요?" 순간 식탁 아래 남편의 발을 밟을 뻔했다. 즐거운 생신날, 그것도 생일의 주인공이 머물 마지막 장소를 보러 가자니, 이 양반, 제정신인가? 하지만 예상외로 어머니는 환하게 웃으시며 대답하셨다. "너무 좋네! 내가 미리 해야 할 일을 너희랑 같이 준비할 수 있으니 얼마나 감사하니. 당장 가자!" 심지어 어머니는 이미 생각해 둔 곳까지 있으셨다. "너희가 엄마를 보러 오는 길이 소풍 같으면 좋겠어. 너무 멀지 않고, 오는 길이 예쁘고, 애들은 뛰놀고 어른들은 차 한

잔 마실 수 있는 공간이 있으면 얼마나 좋겠니." 본인이 마지막으로 쉴 자리조차 남겨질 사람들의 편안함과 행복한 하루를 생각하는 모습, 역시 어머니다운 배려였다.

살아오는 동안 닮고 싶은 어른을 만난다는 건 흔치 않은 축복이다. 내게 그 어른은 다름 아닌 시어머님이다. 살림, 패션, 인테리어까지 어머니는 다양한 분야에 감각이 넘친다. 하지만 내가 진심으로 닮고 싶은 것은 타인을 향한 배려와 온유함, 그리고 호기심 많은 삶의 태도다. 어머니 주변에는 늘 다정하고 따스한 기운이 감돈다. 나를 '며늘공주'라고 부르는 애정 어린 호칭도 그렇다. 그 상냥한 호칭을 들을 때마다 나는 마치 특별하고 소중한 존재가 된 듯한 기분이 든다. 사소한 말과 행동, 옷차림 하나에도 칭찬을 건네고, 작은 일에도 고맙다는 말을 잊지 않으시니 시댁에 갈 때마다 마음이 환해진다. 어머니는 늘 주변의 빛을 먼저 본다. 누군가의 허점도, 서툰 행동도 나무라기보다는 괜찮다며 부드럽게 감싼다. 어머니의 진심 어린 칭찬은 단순한 말이 아니라 사람을 단단하게 세우는 힘을 갖고 있다. 남편과 시누이가 지닌 자연스럽고 건강한 자신감 또한 어머니의 따뜻한 사랑과 지지에서 비롯되었겠다는 생각이 든다.

‘나답게 산다.’ 흔하지만 어렵기만 했던 말이 어머니의 삶을 통해 구체적인 모습을 갖게 되었다. 큰 수술를 받으시면서 예전만큼 건강하시진 않지만, 여전히 왕성한 호기심과 추진력으로 하루하루를 특별하게 채우신다. 일상을 기록하고, 요즘 인기 있는 책과 영화 등을 찾아보고, 그림, 노래, 영어 등 새로운 배움에 꾸준히 도전하신다. 그래서 우리 가족의 대화는 늘 현재의 시간 위를 걷는다. 지루한 ‘라떼는’이 아니라 동시대의 화젯거리를 함께 이야기할 수 있으니 아들, 손자, 며느리 다 모여서 나누는 대화가 즐겁고 흥미진진할 수밖에. 무엇보다 어머니는 누구를 가르치려 들지 않는다. 늘 마음을 열고 눈을 반짝이며 모든 이야기에 귀 기울이신다. 따뜻한 미소와 자상한 말투, 공감해 주시는 눈빛 덕분에 우리도 마음을 활짝 열고 이런저런 수다를 떨 수 있다.

건강하셨을 때는 아프리카 케냐로 이주하셔서 봉사활동을 하셨다. 오랜 친구인 선교사님을 도우면서 그곳의 여성들을 가르치기 위해 제빵, 재봉 기술을 배우신 것은 물론, 관련

용품들까지 공수해 가셨다. 비록 아버님의 건강 문제로 예상보다 빨리 귀국하셨지만, 지금까지 'MAMA LEE'라는 호칭으로 불리며 그곳 사람들과 연을 이어 오고 계신다. 귀국 후에는 연고 하나 없는 제주도에서 2년 넘게 새로운 삶을 만들어가셨다. 누구나 '하고 싶다'라고 말은 할 수 있지만, 실제로 움직이고 실천하는 사람은 드물다. 하지만 어머니는 잔잔히 꿈꾸고 꼼꼼히 준비하며 결국 해내는 분이다. 그리고 그 과정마저 온전히 즐길 줄 아신다. 그 결과가 언제나 완벽할 수는 없지만, 도전과 그 과정 자체를 소중히 하고 즐기는 태도, '나답게 사는 삶'이란 이런 것이 아닐까?

배우 마들렌 디트리히는 임종을 앞두고 병문안 온 목사에게 말했다. "난 당신 보스하고 선약이 있어서 좀 바빠요." 죽음 앞에서도 잃지 않았던 그 위트와 여유, 나는 이 에피소드에서 어머니를 떠올린다. 아들의 엉뚱한 제안을 흔쾌히 받아들이신 어머니 덕분에 봉안당 나들이는 기분 좋은 농담과 웃음으로 가득한 시간이었다.

높은 지대의 묘역을 둘러볼 때는 며느리와 시어머니 사이라기엔 다소 수위 높은 농담이 오가기도 했다. "어디가 마음에 드세요? 여긴 너무 계단이 많아서 오르기 힘드시죠?” “내 의견이 뭐가 중요하니, 찾아올 너희들이 편하고 좋아야지. 그리고 내 다리가 문제가 아니고 너희 다리가 문제지. 나야 걸어올 일이 없잖니. 하하하.” “야외 묘는 겨울엔 너무 추워서 못 오겠는데요?” “추운 겨울이나 더운 여름엔 우리가 너희 집으로 가면 되지.” “아, 훠이훠이 날아오시면 되겠네요.” 계절을 타지 않는 실내 봉안당은 넓고 자연광이 환한 자리, 정원 뷰가 펼쳐진 자리, 추모하는 이의 시선이 편한 ‘로열층’까지 갖춘 죽은 이들의 부동산 같았다. 살아서는 살 집을 고르고 죽어서는 마지막 집을 고르는 셈이랄까. 이사할 집도 여러 곳을 보듯, 앞으로 시간이 허락하는 한 다른 곳들도 함께 둘러보기로 했다. 덕분에 우리 가족의 독특히고도 즐거운 ‘봉안당 임장 나들이’는 계속될 예정이다.

내년에 팔순을 맞는 어머니는 또 새로운 꿈을 꾸신다. “몇 달 따뜻한 나라에서 살아 보고 싶어. 영어도 배우면서.” 봉안당 가족 나들이와 해외에서 몇 달 살기를 동시에 꿈꾸는 우리 어머니. “우리가 아름답다고 느끼는 모든 것에는 우리가 되고 싶은 사람이 숨어 있다.” 작가 알랭 드 보통의 말처럼 이런 어른 정말 귀하고 아름답다. 바란다. 언젠가 어머니처럼 '나답게 사는 삶'을 통해 자신의 인생은 물론 주변까지 따뜻하게 비추기를, 꿈꾸는 것을 망설이지 않고 실천하는 용기를 지니고, 곁에 있는 이들을 사랑으로 단단하게 지지하며, 마지막 순간까지 유머러스한 우아함을 품은 어른이 되기를. 일상의 평화에 감사하고, 몸에 밴 배려로 누군가의 하루를 환하게 만드는 사람이 되기를. 오늘, 어머니에게 전화를 걸어야겠다. 그리고 물어야지. "어머니, 이번엔 어느 봉안당으로 나들이를 갈까요?" 아마 어머니는 철없는 며느리의 재잘거림에 특유의 부드러운 미소를 지으실 것이다. 언제나 그래왔듯이.

05

블랙박스 리셋이 필요한 순간

박서연

'누가 봐도 믿을만한 사람이에요. 규칙이나 원칙을 정해놓지 않아도 본인이 지키죠. 매일 긴장 상태에 있고 두통을 달고 살죠. 정리 정돈을 잘하고 높은 기준을 가지고 있어서 자신과 타인에 비판적이고 완벽주의자로 흐를 수 있어요. 스스로에게 엄격하기에 남들에게도 바르게 살기를 기대하는 마음이 커요. 나를 희생해서라도 사람들이 원하는 대로 해 주는 스타일이에요. 너무 열심히 하지 마세요. 자신을 신문하지 마세요. 병나세요.'

집단상담 프로그램에서 받은 애니어그램 성격유형 검사 결과였다. 하마터면 울 뻔했다. 남몰래 복작복작하던 내 속을 들킨 기분이었다. 여름에 읽은 『내가 네 번째로 사랑하는 계절』에서 한정원 작가의 글이 내 마음과 똑 닮았다. "그 말에 나는 다 들통난 기분. 그래, 나는 나를 참을 수 없는 것이다. 지긋지긋한 사람들을 통틀어 제일 지긋지긋한 사람은 바로 나인 것이다. 먼 데서 유토피아를 찾는 것이다. 아무리 멀리멀리 가도 나를 벗어날 수는 없는데. 나의 유토피아는 나의 폐허에 있는데."

강박적 성격 탓에 해결할 수 없는 것에 허우적거릴 때가 많다. 아무리 노력해도 도망칠 수 없는 존재가 있다면 그건 바로 '어쩔 수 없는 나'일 것이다. 벗어나고 싶은 마음을 견디는 마음으로 바꿀 때, 나를 나답게 인정하고 보듬을 수 있다. 그럴 땐 눈을 감고 작은 숨을 내쉬는 것만으로도 마음과의 거리를 둘 수 있다. 그러기에 분주한 시간 속에서도 '숨 쉴 틈'이 필요하다. 조급한 마음을 잠시 내려놓고 있는 그대로의 나를 바라보는 의식적인 시간 말이다.

아이도 자랐으니 이제는 멈춰 있던 나를 깨우고 싶었다. 새로운 일에 도전해 보고 싶었는데, 글벗의 소개로 경력 단절 여성의 재취업 프로그램이 있다는 걸 알게 됐다. 교육은 오전 9시 30분에 시작이다. 수영강습을 받고 가려니 아침이 더 바빠졌다. 교육장이 아이 학교 가는 방향과 같아서 데려다 준다. 주차장에서 8시 30분에 만나기로 했지만 매일 늦는다. 엘리베이터 탔다더니 37분이 되어야 모습을 드러냈다. 간신히 지각을 면하는 것 같아 한 소리 했다.

아이가 말했다. "안 늦는데 뭐가 문제야."

시간을 맞추기 위해 분 단위로 쪼개 쓰는데 그런 태평한 말이라니. 버럭 화를 내고야 말았다. 밥 차려 두고 알아서 가게 두면 될 것을 기어이 데려다주며 잔소리하는 나에게도 분통이 터졌다. 속으로 이제는 데려다주지 말아야지 다짐하면서 도시락을 건넸다. 혼이 나도 밥은 먹어야 하는 아이와 밥을 주는 엄마. 머리로는 이해할 수 없는 일들이 엄마와 딸이라는 관계 안에서는 자연스러운 일상이 된다.

학교 앞에 내려주고 나면 찜찜한 기분이 가시기 전에 남편에게 전화가 온다. "응, 자기야." 아무렇지 않게 통화한다. 방금 전까지 무슨 일이 있었는지 그는 알지 못한다. 이중성에 스스로 놀랄 때가 있다.

라디오 볼륨을 높여 "FM 89.1MHz"에 주파수를 맞추고 도시락을 푼다. 1시를 훌쩍 넘겨 끝나는데 점심시간이 따로 없다. 교육장에서 주는 캔디만 먹고 버티니 손이 떨리고 체력이 바닥났다. 먹고 살기 위해 하는 건데 든든하게 먹어야겠기에 주먹밥이나 빵, 과일을 챙겨 나온다. 가끔 신호에 걸려 버스에 탄 사람이 내려다보면 민망할 때도 있지만 나를 지키기 위해 필사적으로 먹는다.

DJ의 재치 있는 입담에 웃다 보면 요동쳤던 감정이 어느새 말랑해진다. 곱씹으며 부정적인 감정에 사로잡히는 것보다 이편이 훨씬 낫다. 화내다가 먹다가 웃는 코믹 드라마가 따로 없지만.

학원에 도착할 즈음엔 이현우 DJ가 바통을 잇는다. 오프닝 멘트가 좋아서 설레는 마음으로 귀 기울이게 된다. 청취자 사연 중 초등학교 5학년 아이의 문제집에 '부모님께서 나를 위해 하는 걱정을 적어 보시오'라는 문제가 나왔다고 한다. 아이가 쓴 답은 '걱정을 안 해도 되는 것을 자꾸 걱정 하신다' 였다. 걱정을 달고 살지만, 현실이 된 경우는 15%라고 한다. 일어나지도 않을 일에 과한 걱정을 하며 얼마나 스트레스를 받는 걸까. 지각할까 봐 퍼부었던 잔소리가 미안해지는 순간 이었다. 아이 말처럼 늦지 않았으면 된 건데. 그래도 이유 없이 야단친 건 아니니 죄책감을 덜어 낸다.

사람들은 내가 화낼 것 같지 않다며 아이를 어떻게 혼내는 지 상상이 안 간다고 한다. 나는 무엇을 생각하든 그 상상 이 상이라고, 그분이 오신다고 말하지만 아마 모를 거다. 차 안, 홀로 있는 공간에서 화내고 욕하고 웃고 먹고 그러다 평온을 되찾는 과정에서 나 스스로 다중이 같은 오싹함을 느낀다는 것을. 하지만 그 시간은 온전히 나이고, 나를 위한 것이고, 꾸밈없이 날것 그대로의 나를 드러내는 순간이다. 주차하고 라디오와 시동을 끈다. 운전석 등받이를 한껏 뒤로 젖히고 몸을 완전히 눕힌다. 온몸의 힘을 쭉 빼고 눈을 감는다. 음악 도 아로마 오일도 필요 없다. 이렇게 5분, 숨을 쉬고 내가 숨 쉬고 있음을 느낄 뿐이다. 아등바등 보낸 3시간이 이 5분으 로 하루를 살아갈 에너지로 재충전된다. 사회적인 나로 살기 위해 마음이 정돈되면 차 문을 열고 세상 밖으로 나온다. 누 구의 눈치도 보지 않고, 피해 주지 않고, 나답게 새로워지는 방법으로 말이다. 매일 수많은 시선 속에서 의식의 끈을 놓 지 못하고 살아간다. 가끔 안심하고 초자연적 본능에 충실할 수 있는 곳에 나를 놓아 두면 어떨까.

분주한 아침에 누리는 슈퍼 릴렉스 타임. 혹시 당신의 공간 이 나와 같다면 블랙박스 '리셋'은 필수라는 걸 잊지 말기를.

06

멈춰 선 인스타그램

신유진

인스타그램은 하지 않을 거야. 다짐했다. '싸이월드', '카카오스토리' 같은 SNS가 유행할 때 나는 꽤 열심히 했다. 하지만 시간이 지나 열기가 식으면, 공실 많은 쇼핑상가처럼 변한다는 걸 경험했다. 젊은 날 나의 사진, 젊은 날 내가 쓴 글이 버려지는 기분이었다.

H의 기일, 그가 보고 싶어 싸이월드에 접속했다. 이사오사사키의 〈Sky Walker〉가 여전히 배경음악으로 흘러나왔다. '잘 지내니?' 방명록에 비밀글을 썼다. 한 문장도 제대로 쓰기 어려웠다. 주체할 수 없는 눈물이 흘렀지만, 안부를 물을 수 있는 공간이 있어 고마웠다. 그의 글과 사진은 버려진 게 아닌, 남겨진 거였다. 다행이었다. 그렇게라도 남겨져서. 나도 남기기로 했다. 이번에는 예전과 다르게. 예쁜 척하는 내

사진 대신 내가 좋아하는 것을, 자랑질 아닌 나의 자존을 담을 거야.

　인스타그램을 시작했다. 연락처에 등록된 친구와 페이스북 친구들이 추천 목록에 떴지만, 팔로우 버튼을 누르지 않고 피드만 염탐했다. 먼저 시작한 친구들을 보면 팔로워 수가 많았다. 이제 시작한 나는 팔로워 수가 한 자릿수. 막 시작했으니 당연한 건데 그게 왜 창피했는지. 팔로워 수가 많은 게 부러웠다. 내가 나임을 알지 못하게 한다고 했지만, 아는 사람과 연결될 수밖에 없었다. 별 볼 일 없는 사람이라 인간관계가 좁다고 보여지지 않을까 하는, 여전히 과거 카카오스토리를 할 때저럼 보이는 것에 신경이 쓰였다. 첫 게시물은 꽃이었다. 큰 화병에 길쭉한 알룸 다섯 대를 꽂고 거실 유리창 앞에서 사진을 찍었다. 해시태그는 #호텔로비처럼. 카카오스토리의 자랑질 습성을 버리지 못하고 꽃 사진 하나를 올리면서 한강이 보이는 집의 전망을 보여 주었다. 우리 집이 호텔같이 좋다는 은근한 자랑이었다. 좋아하는 것을 담겠다고 다짐했건만, 무엇을 좋아하는지조차 몰라 눈에 띄는 것들을 무심하게 올리던 시간이었다. 그러다 글쓰기 모임, 책 읽기 모임에 참여하게 되었고, 어느덧 읽는 책의 한 구절이나 멋진 카페에서 찍은 책 사진들이 피드를 채우기 시작했다. 그렇게 쌓여 가는 기록 속에서 진짜 내가 좋아하는 것을 알게 되었다. 바로 '책'이었다. 책이 좋아 책을 읽었는지, 아니면 인스타그램에 올릴 소재를 찾기 위해 책을 펼쳤는지 그 시작은 모호했지만, 책과 인스타는 서로 단짝이 되었다. 1주일에 게시물 한 개는 올리려고 애썼다. 책을 읽고 해시태그를 남겼다. 책 계정임을 알리기 위해 #북스타그램, #북리뷰를 고정으로 사용했다. 완독한 책은 #완독, 지금 읽고 있는 책은 #지금읽고있는책으로 구분하고 책 제목, 작가명도 태그했다. 소심해서 누구에게도 먼저 팔로우 버튼을 누르지 못했다. 누군가가 나를 먼저 팔로우해야 나도 맞팔로우 버튼을 눌렀다. 현실 세계의 소심함이 SNS에서도 똑같았다. 팔로워 수에 신경이 쓰였었는데 어느 순간 나도 세 자릿수가 되었다. 영향력 있는 사람이 된 것 같아 당당해졌다. 그때부터였다. 인스타그램을 진심으로 활용했다. 초반에는 아는 사람 기반이었지만 어느새 책으로 연결된 친구들이 많아졌다. 책 이야기하는 것이 재미있었다. 내가 읽은 책을 해시태그로 찾아가 리뷰도 꼼꼼하게 읽었다. 맘에 들면 내가 먼저 팔로우 버튼을 눌렀다. 언젠가부터 팔로워 수에 신경 쓰지 않았지만, 팔로워 수도 늘어갔다. 모두 책과 관련된 계정이었다. 신뢰하는 리뷰어도 생겼다. 그 사람이 읽은 책은 나도 읽고 싶어졌다. 꼭 읽어 보겠다는 댓글을 남기고, 빈말하는 사람 되기 싫어 진짜로 읽고 리뷰도 남겼다. 알고리즘은 책과 관련된 계정을 연결해 주었다. 읽고 싶은 책은 더 늘어갔다. 내가 읽고 느낀 포인트에 공감하는 댓글이 달리면 고마웠다. 내가 읽는 책은 주로 소설과 에세이. 같은 취향을 가진 사람끼리 소통한다는 것, 꽤 든든했다. 350여 개의 게시물 650여 명의 팔로워. 겨우? 라고, 말하는 사람도 있을 테지만 7년의 사간이 쌓여 만든 나의 기록이다.

나의 인스타그램은 올봄, 멈춰 섰다. 더는 손이 가지 않았다. 다시 살려보려고 얼마 전 한 개의 피드를 올렸지만, 또 멈췄다. 7년의 세월 350개의 게시물은 일주일에 한 개씩은 꾸준히 올렸다는 계산이 나온다. 여전히 책 읽고, 문장을 발췌하고, 책 인증샷을 찍고 있지만 피드를 올리지 않고 있다. 무엇이 문제였을까.

회사를 그만두고 제2의 직업에 대해 고민하던 중 'AI를 활용한 SNS 마케팅 교육' 광고를 보게 되었다. 시에서 하는 무료 과정이라 당장 신청하고 한 달간 교육을 받았다. 배움은 더없이 좋았다. 그 과정에서 자신만의 콘텐츠를 찾아 활발하게 활동하고 있는 교육생들도 있다. 그들과 만나지는 않지만, SNS를 통해 성장을 지켜보고 있다. 나는 그들의 SNS를 재미있게 구독하고 '좋아요' 버튼을 누르며 진심으로 응원한다. 나도 배운 대로 해 보려 했지만 어색했다. 어디서부터 꼬인 걸까. AI가 써준 내 소개를 인스타그램 프로필로 바꿨다. 근사한 느낌이었다. 그때부터 게시물은 더 이상 늘지 않고 있다. 책을 소재로 하는 내 계정은 마케팅이라는 주제와 노선이 달랐다. 잘 활용하면 더 좋은 계정으로 나아갈 수 있었겠지만, 길을 잃고 말았다. 책이라는 아날로그와 AI라는 디지털 사이에서 나는 방황했다.

처음으로 돌아가 생각해 본다. 인스타 시작할 때의 그 마음을. 하늘나라에 있는 친구와 소통하던 싸이월드에서 시작되었다. 그를 잃고도 여전히 그가 남긴 기록으로 우리는 연결되었다. 싸이월드 서비스가 문을 닫아 아쉽게 되었지만. 시간이 지날수록 기억은 희미해져도 어디선가 〈Sky

Walker〉 음악이 흘러나오면 H를 추억한다. 사진 몇 장, 짧은 글 몇 줄이었지만, 남겨진 기록이 있기에 그 공간에 머물 수 있었다.

팔로워 수도, 좋아요 개수도, 보여 주기 위한 글이든 나를 위한 글이든 계속하는 사람이 되고 싶다. 모든 흔적이 나의 역사니까. 나의 기록은 H를 그리워하며 남겼던 비밀 방명록처럼, 누군가에게 보여 주기 위한 과시가 아니라 나를 만들어 가는 과정이다. 타인의 시선이나 기술의 변화에 흔들릴지언정, 나와의 약속을 지키기 위해 다시 쓰고, 다시 느끼면 된다. 그저 그렇게 계속하면 된다.

오랜만에 인스타그램에 접속했다. AI가 써 준 나의 프로필을 읽어보니, 필요 없는 수식어에 손발이 오그라들었다. AI가 써 준 글임을 한눈에 알 것 같았다. 깨끗하게 지웠다. 짧고 명료하게 프로필 소개를 바꿨다.

'읽고 쓰는 것을 좋아합니다.'

07

블로그라는 좋은 친구

신은정

블로그 수업을 등록하는 날, 서현동 스타벅스에서 친구를 만나기로 했다. 무료 강좌를 이용해 본 친구에게 도움을 부탁했다. 신청을 시도했지만 쉽지 않았다. 클릭해도, 새로고침을 다시 해 보아도 접수가 되지 않았다. 10분 만에 마감이라는 문구에 잠시 실망했지만 포기하지 않았다. 분당구청에 직접 전화를 했다. 마감이 아니니 다시 신청해 보라고 했다. 친구의 도움으로 다시 시도했고, 드디어 성공했다. 그 강좌는 '배움 숲'이라는 이름으로 분당구청에서 열리는 '스마트폰을 이용한 SNS와 블로그 수업'이라는 강좌였다. 그때까지만 해도 나는 SNS가 무엇인지도 제대로 모르는 사람이었다. 오래전 옷가게를 하면서 누군가에게 부탁해서 만들어 두고, 손도 대지 못했던 블로그가 전부였다. 이번에는 블로그를 다시 열어 내 손으로 직접 채워 보고 싶었다.

수업은 초보자들도 따라갈 수 있을 만큼 천천히 진행되었다. QR코드 찍는 법, 미리 캔버스로 사진 꾸미기, 블로그 배경 설정, 영상 올리기까지 하나하나 배워갔다. 처음엔 모든 게 낯설었다. 마지막 날, 핸드폰으로 블로그 관리하는 법을 배웠는데 지금까지도 요긴하게 사용하고 있다. 길치에다가 기계치이기도 한 나는 컴퓨터만 보면 겁을 냈다. 잘못 누르면 모든 게 사라질 것 같은 두려움이 있었다. 그래서인지 핸드폰으로 블로그를 올릴 수 있다는 것은 신기하기만 했다. 나에게 세상이 조금 더 가까워지는 느낌이었다. 완벽하지 않아도 괜찮다고 스스로 다독이며, 배움 숲에 대한 글을 블로그에 첫 글로 올렸다. 핸드폰에서 찾아낸 한 장의 사진과 함께 글을 완성했다. 그리고 놀랍게도 내가 올린 글이 네이버 상단에 올라왔다. 처음 글을 쓸 때는 떨리고, 잘 쓸 수 있을까 걱정했지만, 사람들이 내 글을 보고 있다는 생각에 마음이 두근거렸다. 작은 시작이 큰 기쁨이 되어 돌아오는 순간이었다.

네이버 상단에 글이 오르려면 사람들이 찾는 내용을 읽기 좋게, 믿을 수 있게, 최신으로 올려야 한다고 했다. 내가 올린 글이 계속 네이버 상단에 노출되자 즐거움이 나를 더 글을 쓰게 만들었다. 거기에 서평도, 일상도 블로그에 올리면서, 블로그는 이제 내 하루의 일부가 되었다.

개그맨 고명환 씨가 작가로 활동하며 『데미안』을 100번 읽었다는 이야기를 듣고 자극받았다. 『데미안』을 다시 읽어 보고 싶어졌다. 도서관에 가서 책을 빌렸다. 싱클레어 어머니인 에바 부인에게 매력을 느끼면서 닉네임을 '에바 부인의 책 향기 나는 하루'로 정했다. 처음엔 '에바 부인'을 '애마부인'으로 읽는 친구가 있었다. 소개 글에 "데미안 속 에바 부인처럼, 하루하루 책 향기로 마음을 채워 가는 공간입니다"라는 글을 올리고부터는 아무도 애마부인이라고 하지 않게 되었다. 100일째 되는 날엔 100개의 글을 올리고 자축해야겠다고 생각했다. 딸이 빌려다 주는 책을 열심히 읽었다. 약속을 지켜냈다. 100일이 되는 날, 자축이 아니라 친구와 언니들이 축하해 주었다. 친구가 전해 준 국화 한 다발이 식탁 위를 환하게 밝혔다.

블로그를 시작한 지 얼마 되지 않았을 때 "수익 창출해 보는 건 어때?”라는 말에 잠시 마음이 흔들리기도 했다. 내 블로그로 돈을 벌 수 있다며 홍보하는 댓글도 달렸다. 하지만 글을 쓰다 보니 알게 되었다. 글을 쓰면서 느끼는 충만감이 돈보다 더 값지다는 것을.

글을 쓴다고 문제가 해결되거나 상황이 달라진 건 아니다. 내가 뭘 좋아하는지, 내가 어떤 사람인지 들여다보게 되었다. 생각이 정리되고 감정을 들여다보았다. 하루하루를 계획하고자 하는 마음이 들었고, 나만의 루틴을 만들어가고 싶어졌다. 친구들과 카페에서 수다 떠는 시간도 좋지만, 지금의 글쓰기 시간이 훨씬 충만하다. 글을 쓰는 동안 걱정과 잠시 결별할 수 있었고, 늘 반복뇌는 일상에서 한 빌 물러서는 순간만으로도 소중했다.

글 쓰는 소중한 시간, 나는 종종 지나온 시간을 떠올려 본다. 같은 직장에서 만난 남편과 사내결혼을 했지만, 시어머니의 반대를 무릅쓰고 시작한 결혼생활은 시작부터 만만치 않았다. 살림과 육아, 시댁과의 관계까지 보이지 않는 짐을 견디면서 버텨야 했다. 이혼을 열 번도 더 꿈꾸었고, ‘졸혼’이라는 단어를 붙잡으며 마음 아파한 날도 많았다. 남편의 퇴직을 앞두고 나는 마음속으로 다짐했었다. "한 번만 더, 후회 없이 노력해 보자." 그렇게 살아내다 보니 놀라운 변화가 찾아왔다. 완고하던 남편이 식사 후 설거지를 하고, 청소기도 돌려주면서 내 곁을 든든히 지켜 주는 동반자가 되어있었다. 그 변화가 고마웠고, 인내하며 살았던 세월이 헛되지 않았음을 깨달았다. 무엇보다 세 딸의 엄마로 살아온 시간은 내 인생의 가장 큰 축복이었다. 아이들과 함께한 시간 속에서 나는 누군가의 딸도, 며느리도 아닌 오롯한 '엄마'였다. 아이들의 웃음에서 하루를 살아낼 힘을 얻었고, 잠든 얼굴에 손을 얹으며 또 다른 내일을 꿈꾸었다. 이제는 각자의 삶의 자리에서 잘 살아가고 있는 딸들을 바라보면, 엄마로서의 긴 여정을 돌아보게 되고 감사함이 밀려온다. 세 딸을 키우며 배운 시간 덕분에 나는 조금 더 단단해졌다.

아침이면 따뜻한 커피 한잔을 옆에 두고 노트북을 켠다. 문장 하나를 써 내려가며 마음의 결을 다듬는다. 그날의 감정, 스쳐 지나간 풍경, 책에서 밑줄 그은 문장 하나가 글의 씨앗이 된다. 블로그는 내 하루를 천천히 비춰 주는 거울이자 내 이야기를 들어 주는 친구가 되었다. 글은 묵묵히 내 곁을 지켜 주고, 때로는 다독여 주는 손길이 되어 주었다. 쓰다 보면 상처가 글 속에서 반짝이는 빛으로 바뀌고 있었다. 어쩌면 하느님이 주신 선물 같은 귀한 공간 속에서 나는 매일 새로워지고 있다.

블로그는 나를 세상과 연결한다. 여기는 누구를 설득하거나, 누군가에게 잘 보이기 위해 쓰는 공간이 아니다. 나를 돌보고, 쉬어가게 하는 작은 쉼터다. 하루 동안 쌓인 감정들을 잠시 내려놓고 정리하다 보면, 깨닫게 된다. '아, 나는 치유하려고 여기 앉아 있구나, 조금 더 나은 사람이 되려고 오늘도 한 줄을 적고 있구나!'

블로그는 내가 나에게 건네는 작은 위로다. 그리고 나를 조금씩 성장시키는 고마운 공간이기도 하다. 블로그라는 좋은 친구와 나는 앞으로도 오래도록 시간을 함께 나눌 것이다.

08

새로운 세계로 들어가는 문

한승희

결혼 후 나는 방과 후 교사로 일하면서 아이들을 키웠다. 일을 마치고 집에 오면 집안일과 육아를 하며 정신없는 시간을 보냈다. 그러다 아이들이 자라면서 내 일상에도 여유가 생기기 시작했다. 아이들은 혼자 학원 다니며 알아서 할 수 있는 일들이 많아졌고, 내가 할 일은 줄어들었다. 그때부터 내 성장에 도움이 되는 일을 하고 싶다는 생각이 들었다. 이제는 나를 위한 투자를 하고 싶어졌다.

어느 날, 아이들 학원이 있는 건물 3층에서 빈 공간을 발견했다. 원래는 수학 학원이었던 교실은 6개월째 문을 닫은 채 비어 있었다. 원장님의 건강이 좋지 않아 건물주와 연락이 끊긴 상태였고, 월세만 계속 나가고 있다는 이야기를 들었다. 18평 남짓한 그 공간은 교습소를 운영하기에 충분한 크기였다. 그동안 집에서 공부방을 운영하며 수업을 해 왔지만 상가에서 학원을 연다는 건 전혀 다른 일이었다. 오픈한다고 해서 바로 학생이 모일 리도 없고, 무엇보다 월세부터 감당할 수 있을지 걱정이 앞섰다.

'내 자리는 아닌가 보다' 하고 마음을 접으려 했지만 자꾸 마음이 쓰였다. 결국 부동산 사장님께 전화를 걸었다.

"사장님, 3층 학원 자리 혹시 나갔나요?"
"아니요, 편하실 때 다시 보러 오세요. 비밀번호를 문자로 보내드릴게요."

전화를 끊고 남편의 퇴근 시간에 맞춰 다시 교실을 보러 갔다. 문을 열고 들어서는 순간 마음이 흔들렸다. 단순히 '학원을 열 수 있을까?'라는 계산 때문만은 아니었다. 방과 후 교사로 일했던 시간은 내가 할 수 있는 일과 엄마로서의 역할 사이에서 균형을 잡아 주는 고마운 시간이기도 했다. 하지만 어느 순간부터는 그 일이 '내 일'이라기보다 '가능한 일'이 되어 버렸다는 생각이 들었다. 아이들의 일정에 맞춰 움직이고, 주어진 교실에서 정해진 방식으로 수업하다 보니 내 방식으로 아이들을 만나고 싶다는 갈증은 점점 커져 가고 있었다.

그러나 막상 상가 계약을 하는 날, 계약서를 보며 속으로 한숨이 새어 나왔다. '이거 괜한 일 벌이는 거 아니야? 살림은 누가 맡고, 월세만 내고 돈도 못 벌게 된다면 어떡하지?' 여러 가지 생각에 전날 밤, 잠을 설칠 정도였다. 결국 계약서를 쓰고 인테리어 업자를 불렀다. 전에 있던 학원 상태가 워낙 엉망이라 어떤 모습으로 바뀔지 상상조차 되지 않았다. "이거 철거까지 하면 천만 원 이상 들겠는데요?"

예상보다 훨씬 큰 금액을 듣자 다시 마음이 흔들렸다. 공사 비용을 줄이며 벽 페인트칠, 바닥, 조명, 책장 정도로 결정했지만, 지금도 가장 아쉬운 건 책장이다. 기성품을 샀다면 가벽 철거하고 공간을 더 넓게 쓸 수 있었을 텐데 말이다. 공사 과정을 떠올리면 여전히 아쉬움이 많다. 내가 꿈꾸는 공간이라면 직접 옆에 서서 하나하나 확인하며 만들었어야 했다. 하지만 방과 후 수업이 겹쳐 전화로만 요청했고, 그 결과 책장은 내가 원했던 디자인이 아닌, 교실을 너무 크게 차지하는 모습이 되어 버렸다. 속상했지만 어쩔 수 없었다. 후

회해 봤자 소용없다는 걸 아니까.

2024년 8월 13일, 사업자 등록을 마친 뒤 드디어 독서 논술 교실 운영이 시작되었다. 예상대로 첫 달은 4명의 학생으로 시작했다. 수업하는 시간보다 혼자 있는 시간이 더 길었지만, 그 빈 시간조차 내겐 소중했다. 책 레벨 스티커 작업, 블로그 글쓰기, 수업 준비까지 내 공간이니만큼 내가 채우고 싶은 속도로 보낼 수 있었으니까. 그렇게 두 달이 지나고, 지인 소개와 입소문 덕분에 학생 수가 점점 늘어나 6개월 만에 25명이 되었다. 그리고 1년 3개월이 지난 현재, 재원생은 35명. 교실은 이제 안정적인 리듬을 갖추었다. 아이들이 집중하며 책 읽는 모습, 글을 써 내려가는 모습, 수업 시간마다 느껴지는 작은 변화와 성장은 여전히 나에게 큰 기쁨이다.

수업은 '26분 집중, 4분 휴식'의 흐름으로 진행된다. 26분 동안은 각자의 속도에 맞춰 책을 읽고 생각을 정리하는 몰입의 시간이고, 이어지는 4분은 다 함께 몸을 풀고 화장실을 다녀오거나 물을 마시며 숨을 고르는 시간이다. 아이들은 학원에 들어오자마자 배고프다고 말한다. 젤리 하나, 쿠키 몇 개만 있어도 금세 얼굴이 환해지는 아이들. 다시 자기 자리로 돌아가 책 읽는 모습을 보면 뿌듯한 마음이 든다. 물론 모든 아이가 처음부터 바로 집중하는 건 아니다. 한참 딴생각을 하거나 주변을 기웃거리는 아이들도 있다. 그럴 때는 곁에 다가가 눈높이를 맞추고 다시 집중할 수 있도록 하는 게 내 역할이다. 아이들이 책 읽는 모습을 보면 이 일을 시작하길 잘했다는 생각이 든다.

오늘 한 아이가 활동지에 적어 놓은 문장 하나를 읽었다. "주인공이 울고 있는 친구를 안아 준 장면이 가장 좋았어요." 짧은 문장이지만, 아이가 책에서 느낀 감정을 알 수 있었다. 마음을 글로 표현할 수 있다는 게 얼마나 좋은 일인지, 아이들을 보며 새삼 느낀다.

나는 어떤 사람인지, 뭘 좋아하는지, 지금 어떤 마음인지를 알아 가기 위해 책을 읽고 글을 쓴다. 상가를 임대하고 사업을 시작한 일은 내게 큰 용기가 필요한 일이었다. 두렵지만 한 걸음 앞으로 내딛었기에 또 다른 세계를 만났고 성장하고 있다. 아이들이 자라는 만큼 나도 자라겠지. 책 읽는 아이들 옆에서 나도 읽고 쓰는 기쁨을 누리고 싶다. 나를 알아 가는 일이 나를 만들어 가는 일임을 알기 때문에.

크리스마스는 11월부터

허미나

대학 시절 필리핀에서 10월을 맞이했다. 무더위가 가시고 선선한 바람이 불기 시작하니 산책하기 딱 좋은 날씨였다. 아침저녁으로 빌리지를 걷다 보면 집집마다 할로윈 장식이 화려했다. 주황색과 검은색의 호박, 거미 장식들로 가득했다. 그중에서도 거미술로 화단이나 창문을 꾸민 집들은 오래된 폐가처럼 보였다. 아침마다 나가면 어제 보지 못했던 장식들이 새로 생겨 있었다. 그걸 구경하는 재미가 컸다. 낯선 문화였지만 외국에 왔음을 실감하게 해 주었다. 10월 말, 할로윈이 끝나자 장식은 모두 깨끗하게 정리되었다. 장식이 없는 집들이 벌거벗은 듯 아쉬울 즈음 빨간색, 초록색 장식이 하나둘씩 생겨났다. 크리스마스가 시작되고 있었다.

일요일은 언제나 기다려지는 날이었다. 쇼핑몰 문을 열고 들어서는 순간 느껴지는 시원한 공기, 그것만으로도 갈 이유는 충분했다. 11월 초 일요일, 평소처럼 입구를 지나는데 익숙한 멜로디가 들려왔다. 캐럴이었다. 할로윈 장식으로 가득했던 쇼핑몰은 그사이 크리스마스를 맞이했다. 내가 날짜를 잘못 알고 있나 싶었다. 고작 일주일 만에 완전히 다른 계절을 맞이하고 있었다. 당시 서울은 12월 초가 되어야 크리스마스 분위기였다. 적어도 나에게는 그랬다. 어색했던 것도 잠시, 온통 들떠 있는 이 분위기가 좋았다. 머리에 산타 모자를 쓰고 캐럴을 흥얼거리는 점원들을 보면 곧 크리스마스가 다가올 것만 같았다. 나도 모르게 크리스마스가 기다려졌다. 집에 돌아오면 달력을 펼쳐 며칠 남았는지 세어보았고, 외국에서 처음 맞는 크리스마스가 어떨지 상상해 보았다. 공부하려고 앉아도 어느새 캐럴을 흥얼거렸다. 눈에 힘을 주고 집중하려 해도 책 속 글자가 들어오지 않았다.

드디어 그렇게 기다리던 크리스마스 당일이 되었다. 눈을 뜨자마자 새로운 날이 펼쳐질 듯했지만, 어제와 똑같은 하루였다. 똑같은 침대, 똑같은 소파, 똑같은 식탁. 심지어 여기는 필리핀이었다. 입김 나오는 낭만적인 크리스마스가 아니라 땀 흘리는 크리스마스. 창밖 풍경도 평소와 다를 게 없었다. 저녁이 되면 특별한 일이 생기지 않을까 기대했지만, 그저 평범한 날이었다. 친하게 지냈던 현지 친구들은 모두 가족들과 시간을 보낸다고 했다. 남은 건 어학연수로 온 대학생들뿐이었다. 자정이 지나고 크리스마스는 끝났다. 침대에 누워 천장만 바라보았다. 그렇게 설레며 기다렸던 날이 그냥 지나가버렸다. 달달거리며 돌아가는 선풍기 너머로 지난 몇 주의 장면이 스쳐 지나갔다. 빌리지의 크리스마스 장식들, 산타 모자를 쓰고 인사를 건네던 점원들, 달력에 날짜를 세어가며 기다리던 순간들. 그래. 그 두 달 동안 행복했다. 하루의 허무함보다 여러 날의 설렘으로 기억될 인생의 한 페이지였다. 크리스마스가 특별한 건 12월 25일이 아니라, 그날을 기다리던 시간이었다.

몇 년이 흐른 지금도 크리스마스는 여전히 설렌다.

얼마 전, 아는 언니와 차를 타고 가고 있었다. 라디오에서 캐럴이 흘러나오자 나도 모르게 흥얼거렸다. 언니가 웃으며 말했다. "나는 이제 크리스마스도 별 감흥이 없어. 아이들 때문에 챙기는 거지, 내가 설레지는 않아. 넌 아직도 두근거리는 게 있어서 좋겠다." 내가 유별난 걸까? 이 나이에 아이처럼 크리스마스를 기다리는 게 조금 유치해 보일 수도 있다.

평소와 다를 게 없는 하루인데, 왜 나에게는 특별한 걸까? 어쩌면 원래 이런 사람이었는지도 모른다. 소풍 며칠 전부터 설레서 잠을 못 이루고, 생일이 다가오면 몇 주 전부터 달력을 들여다보던 아이 말이다. 크리스마스는 그 연장선일지도 모른다.

생각해보니 지금도 무언가를 기다리고 있다. 크리스마스뿐 아니라 미래의 나를. 어떤 모습일지, 어디서 무엇을 하고 있을지 선명하게 그려지지는 않는다. 하지만 한 가지는 분명하다. 지금보다 조금 더 나은 사람이 되어 있을 거라는 믿음. 그 투명한 믿음으로 불투명한 미래를 위해 하루하루 작은 것들을 더해 가고 있다. 필리핀에서 매일 아침 산책을 나서면 집집마다 하나씩 늘어나던 장식처럼, 내 하루에도 조금씩 새로운 것들이 늘어간다.

아침마다 책상에 앉아 일기를 쓴다. 어떤 날은 어제 있었던 일을 돌아본다. '왜 그 말에 상처받았을까? 진짜 원했던 건 뭐였을까?' 나에게 질문을 던지고 답을 찾아간다. 또 어떤 날은 영어강사로서 다짐을 적는다. '오늘은 아이들에게 조금 더 따뜻한 눈빛을 보내자.' 수업 시간, 아이들 눈을 들여다본다. 수업을 기대할 때, 새로운 표현을 이해했을 때 그 눈이 반짝인다. 낯선 언어가 조금씩 아이들 마음에 스며드는 그 순간이 좋다. 하루를 마무리하며 일기장 마지막 줄에 응원을 남긴다. '오늘도 수고했어.' 스스로에게 건네는 작은 위로가 다음날을 시작하는 힘이 된다.

가끔은 심리학 책을 펼치고, 교육 관련 서적을 읽는다. 이 모든 것이 무슨 쓸모가 있을지, 어디로 향하는지 정확히는 모른다. 완성된 모습은 아직 보이지 않는다. 장식을 하나씩 더하다 보면 어느새 트리가 완성되듯, 매일의 작은 순간들이 모여 언젠가 원하는 모습에 가까워져 있을 거라 믿는다.

미래가 어떤 모습일지 알 수 없지만, 그것을 준비하며 오늘을 보내는 건 충분히 설레는 일이다. 크리스마스 당일보다 기다리던 11월이 더 행복했던 것처럼 말이다. 언젠가 이 시간을 돌아보며 생각할 것이다. 그 평범한 아침들, 책상 앞에 앉아 있던 시간이 얼마나 소중한 순간이었는지 그때는 몰랐다고. 오지 않은 미래를 향해 매일 작은 것들을 더하듯, 주어진 오늘을 살아간다.

올해도, 내년에도 11월이 되면 크리스마스 캐럴을 튼다. 도착보다 기다림이 더 행복하니까.

김미연

밋밋한 하루 안에도 나만의 취향이 담겨 있다. 콩을 갈아 직접 커피를 내리는 날, 캡슐커피를 마시는 날, 좋아하는 카페에 가는 날도 있다. 나를 알아 가는 과정은 거창하지 않다. 오늘 할 수 있는 작은 선택에 의미를 부여한다면, 그 순간이 취향이 되고 예술이 되기도 한다. 우리는 이미 삶 안에서 반짝이고 있다. 평범한 일상 속 작은 행복을 알아채는 순간, 세상에서 빛나고 있는 나를 발견할 수 있다. 지금 이대로도 충분하다.

김은주

'지금'이라는 단어를 사랑한다. 지난 과거도 오지 않은 미래도 아닌, 현재를 살아가는 것이 중요하다고 생각하기 때문이다. 스스로에게 좋아하는 음식, 놀이, 취미가 무엇인지 질문해 본 사람이 몇이나 될까? 이번 책을 쓰며 내가 좋아하는 것을 알기 위해 무엇을 했는지 돌아봤다. 난 끊임없이 배우는 일에 몰두했음을 깨달았다. 하고 싶으면 그냥 하는 거다. "그냥 해." 낯섦에 망설이는 나에게도 이 글을 읽을 독자들에게도 말하고 싶다.

김재원

우리는 모두 휩쓸려 살아간다. 하루는 끝없이 밀려오고, 정신을 차려보니 사회라는 인파 속에서 땅에 발이 닿지도 않은 채 떠내려가고 있다. 안간힘을 써서 버둥거리며 변두리로, 그리고 더 변두리로 향한다. 그리고 드디어 오늘, '쓰는 이'와 '읽는 이'의 버둥거림이라는 결실로 만나 기쁘다. 가끔씩 이렇게 용기 있게 땅에 발 붙이고 서서 쉬어가며 살기를, 나를 알아 가고 돌보는 시간을 스스로에게 허락하기를. 이 책을 읽는 그대의 마음속 무대와 정원에서도 다정한 노래와 아름다운 꽃이 피어나길 바란다.

박나영

마음이 향하는 곳이라는 의미를 가진 '취향'이란 단어가 참 어렵게 느껴졌다. 아내로, 엄마로, 때로는 직장인으로 정신 없이 살면서 정작 내 마음의 소리에는 귀를 닫고 살아왔으니까. 잊고 살던 '나'를 찾고 싶어졌을 때 이 책에 참여하게 되었고, 찬찬히 내 마음 속 나침반을 바라보는 시간을 갖게 되었다. 미흡하고 서툰 글이지만, 읽는 분들에게 전하고 싶다. 마음이 향하는 방향으로 발걸음을 내딛는 그 순간 인생에 반짝이는 설렘이 더해진다는 것을.

박서연

취향이 뭐냐고 물으면 선뜻 대답하지 못했다. 곰곰이 생각해 보니, 비슷한 시기에 다시 찾은 여행지가 있었고 계절마다 꽂혀 듣던 음악과 며칠을 연이어 먹어도 질리지 않던 음식이 있었다. 일상에 스며들어 하마터면 놓칠 뻔했던 기쁨과 행복의 작은 조각들, 저절로 미소 지어지는 순간들이 나의 취향임을 깨달았다. 거창하지 않아도 세상의 기준과 달라도 타협하지 않고 지키고 싶은 '나의 모양'이 있었다. 그 모양에 담겨있는 것들을 발견하는 소중한 시간이었다.

신유진

남편에게 "내 취향이 뭐야?"라고 물었다. 돌아온 대답은 "네 취향은 이우종이야."였다. 그의 이름, 이우종. 그 말에 웃음이 터졌지만, 완전히 틀린 말도 아니었다. 7년의 연애와 25년의 결혼생활. 미치게 좋아 결혼했지만, 미운 날도 많았다. 오랜 시간이 쌓여 좋고 나쁨도 없이 내 안에 스며든 남편. 그런 존재를 취향이라고 정의해 본다. 취향은 결국, 내 삶에 오래 머문 것의 또 다른 이름이다. 그것들을 더 아끼고 사랑하련다.

신은정

누군가의 엄마로, 아내로 사는 동안, '나'라는 존재는 뒤로 밀려나 있었다. 올 초 교통사고로 홀로 보내야 했던 시간이 찾아왔다. 그 시간을 흘려보내지 않으려고 블로그에 글을 쓰기 시작했다. 내 안에 단단한 목소리가 존재하며, 취향 하나가 삶을 얼마나 풍요롭게 만드는지 깨달았다. 이 책은 잃어

버렸던 '나'를 찾아 떠난 소중한 여정의 기록이다. 처음 책을 낼 수 있도록 용기와 길을 열어주신 가주 작가님, 퇴고를 마지막까지 함께해 준 유진 작가님께 감사드린다.

한승희

취향은 마음의 고백 같다. 누군가에게 보여 주기 위한 것이 아니라, 나에게 솔직해지기 위해 필요한 작은 속삭임이다. 바쁘다는 이유로 미뤄 두고 '별거 아니지' 하며 남겨 두었던 것들이 사실은 나를 움직이게 하는 힘이었다는 걸 뒤늦게 알게 되었다. 솔직히 말하면, 내 취향을 글로 적어 내는 과정은 조금 쑥스럽기도 했지만, 한편으로는 편안했다. 나를 숨기지 않아도 된다는 게 이렇게 가벼운 일이구나 싶었다. 이 글이 마음 어딘가를 조용히 두드리며, '그냥 이대로도 괜찮다'고 말해 주면 좋겠다.

허미나

혼자 마시는 커피 한 잔, 핑크색 양말 한 켤레, 메신저로 나눈 책 구절 하나, 11월에 듣는 캐럴 한 곡. 작은 것들이 삶을 바꾼다. 거창한 변화가 아니어도 괜찮다. 매일 조금씩, 내가 좋아하는 것으로, 나만의 색으로, 하루를 채워 가는 것. 그것이 나답게 사는 게 아닐까. 이 글이 작은 위로가 되고, 용기가 되고, 또 하나의 설렘이 되기를 바란다. 도착보다 과정이, 결과보다 기다림이 더 설레는 하루하루를 응원한다.